中国多民族作家作品系列

石一宁 主编

永远的雪

鲁若迪基 著

散文集

广西民族出版社
Gvangjsih Minzcuz Cuzbanjse

作者简介

鲁若迪基，又名曹文彬，普米族，鲁迅文学院第十二届中青年作家高级研讨班学员。现任中国作家协会全国委员会委员，中国作家协会少数民族文学委员会委员，中国少数民族作家学会副会长，云南省作家协会副主席，丽江市文联党组书记、主席。曾出版《我曾属于原始的苍茫》《没有比泪水更干净的水》《一个普米人的心经》《时间的粮食》《母语唤醒的词》等多部诗集。作品被翻译为英文、西班牙文、俄文、阿拉伯文、日文、荷兰文、蒙古文等多种外文。曾获第五届、第七届全国少数民族文学创作骏马奖，首届汉语诗歌双年十佳奖、第三届徐志摩诗歌奖、第十届湄公河文学奖等。

内容简介

本书是著名诗人鲁若迪基的第一部散文集，在这本书里，作者对世界的关注始终没有离开身边的那些神态万千的人，以及他们各自的小世界所折射与映照着的大社会、大时代、大背景。因此，作者笔下那些形形色色的个体，同时又具有浓郁的普遍性和规律性。与众不同的是，本书作者作为一位有着国际影响力的少数民族诗人，以诗人所特有的敏感与睿智，深度切入生活现场，让普通人在极为寻常的生活场景里闪现极为鲜活的人性光芒，凸显出个体生命在历史、文化、社会、民族、地域等多维视域下的态度、倾向、追求、坚持，让我们从一个个具体而又充满个性的人的生活经历中，看到人类在历史长河中应该具备和重审的精神品质。

目录

用诗证明

你想用诗证明什么？

没有人问我这个问题，也没有人强迫我回答这个问题。在鲁迅文学院温馨的宿舍里，在整理完自己的诗集《没有比泪水更干净的水》后，我却在心中强烈地叩问着自己这个问题。

我想起了养育我的那片土地和那里的人们。在云南红土高原的西北，有绵延千里的小凉山、奔腾喧嚣的金沙江、直刺青天的玉龙雪山，还有美丽动人的泸沽湖。我就出生在那片神奇美丽的土地上。虽然，至今那片土地还没有彻底摆脱

贫困 *，可是，那片土地上的人们淳朴善良，面对困难所表现出来的乐观豁达，总使我心底涌起感动的热潮。作为行吟在那片土地上的歌者，我是幸运的宠儿。我以为枕着小凉山就够幸福的了，没想到怀里还抱着个泸沽湖。我常怀着感恩的心情面对上天恩赐的一切。我是那片土地千万个孩子中最为普通的一个，是在母亲目送下，举着火把走过黑路的孩子。我上山狩过猎，下湖撒过网。我在鸟儿还没有醒来的早晨，喝过清明的泉水，为的是让自己比鸟儿更聪明、嗓音比鸟儿更嘹亮，以便能更好地为那片土地上的人们作啼血的吟唱。我深深地爱着那片土地上的人们！我的诗里留有他们的笑、他们的泪和期盼的目光。我与他们同悲同喜同落泪，对未来的日子充满希望。我的诗是那片土地上的一捧土，是爱恨交织的疼痛。我想用诗证明：诗人是爱的代名词，即便是恨，那也是因为爱。

我想起了我的父母。我父亲是茶马古道上的赶马人，幽默而充满智慧，能南腔北调地讲很多故事。我母亲是斯布炯神山下那个叫果流的村庄里的“女王”，她会唱的民歌如星星一样多。她走过的地方，草都会伏下身来倾听。小时候，在忽明忽暗温暖的火塘边，我总是在她的歌声中进入梦乡。普米族质朴的民歌是我诗歌汲取不尽的源泉。在这个科技日新月异，“神话”逐一实现的时代，我依然相信着月亮是嫦娥飞奔的月亮，太阳是夸父追逐的太阳。我甚至怀疑我母亲是斯布炯山神的女儿，不忍心我父亲孤苦伶仃才下凡嫁给他

---

* 云南全省已于 2020 年末全面脱贫。——编者

的。从母亲的脸上，我看到神的和蔼与慈祥；从父亲身上，我体会到淳朴和善良。我的诗是一切的真、一切的善、一切的美存在的证明。

我还想起了庄稼。千里小凉山，最普遍的作物是洋芋、荞子和苞谷。在被称为“坝子”的地方和江边河谷地带，人们能依稀看到稻谷和高粱。我的诗是长在那片土地上的另一种作物，有洋芋的甜、荞子的苦，还有不为外人道的神秘。我知道土里能生长伟大的梦想，我把自己的诗植根于小凉山的大地。我并不希望我的诗长成高楼大厦般模样，只想让它如质朴的庄稼，一滴雨水就能让它醒来，一阵清风就能让它睁开眼睛……

还有我的普米民族，这个给我血肉之躯的民族，至今只有三万多人*。在漫长的历史长河中，她创造了自己独特的韩规文化。六十多年前，一个叫顾彼得的俄国人来到云南，在三江并流处，看到这个深陷于大山褶皱中的民族时，妄言这是个“没有希望的民族”。很多年过去了，当我作为普米族诗人在《被遗忘的王国》一书里看到这句话时，我的心被深深刺痛了，我流泪了。可是，冷静下来想想，当时的中国，正处在弱肉强食、民不聊生、积贫积弱的年代，这确实是个不争的事实。然而顾彼得没有想到的是，他的断言为时过早了——就在他说完这些话不久，中华人民共和国诞生了！在解放军进军西南的隆隆炮声中，他离开了那座边陲小镇，他

* 截至第七次全国人口普查统计数据，到2021年5月，普米族人口总数超过四万五千人。——编者

认为没有希望的我的民族，从此充满生机。而我的诗要证明的是：在这个伟大的国度，每个民族都拥有着希望，我的诗就是这个民族有希望的证明，我的诗就是这个民族记忆的一部分！

此时此刻，我想起的还不止这些，这一切都是我想用诗去证明的。这也许是个妄想，但我就是这样在不懈努力着。在这种努力中，我深切地感到了普米文化精神与中华文化精神的相通一体。我想用朴素的情感和现代的诗句，表达我这个民族的现在与未来。

（原载于2009年12月2日《人民日报》，获中国作家协会、人民日报社“盛世民族情”征文优秀奖，入选《智慧不会衰老：人民日报2010年散文精选》）

“赫”老师

20世纪70年代初，离我们村四五里路的一个叫“太红”的村庄，终于建成了我们那一带有史以来的第一所学校——太红小学。从此，山寨里除了诵经声，还有了琅琅的读书声。

学校由五个村庄的人共同修建，有一所土墙房和两间木头堆砌起来的木楞房。土墙房是老师的厨房兼寝室，木楞房是教室。最初老师只有一位，后来从泸沽湖畔的永宁县调来一位老师，叫杨文华。

我入学时，杨老师刚调来不久。那天早晨，我背着母亲缝制的新书包，和几个新入学的伙伴一起到了学校。我们都是杨老师去村里动员来上学的。

到了学校，杨老师拿出笔记本，一一核对我们的名字，还问我们一些问题。他问的问题其实很简单，诸如你叫什么名字、什么民族、几岁了，父母叫什么名字之类的。可是，由于不懂半句汉语，我们一句也答不上来，只能怯生生地看着他。他把几个高年级的学生叫来，请他们做翻译，我们才勉强回答了他的问题。

杨文华老师个子不高，头发卷曲，是藏族人。他说话声音洪亮，讲课时连附近的放牛娃也听得清清楚楚。我们放学回家时，放牛娃们会在对面坡上有模有样地学着他讲课，让我们很诧异。我们背地里给杨老师取了个绰号叫“夺至”，在普米语里是“矮子”的意思。

可是没有多久，我们就领教了这个矮子老师的厉害。他不依不饶地叫我们背一篇篇课文。他说我们不懂汉语，只能采取死记硬背的方法。他自己不懂普米语和彝语，对我们这些只会讲民族语的学生感到很无奈。我们常常看见他这个公办学校的老师在请教民办学校的老师，像彝语的“牛”怎么说，还问一些赶马人普米语的“马”怎么说。为了提高我们的语言能力，他让我们每天都背诵课文。放学时我们都很紧张，因为杨老师会堵在教室门口，叫我们背诵当天教的课文。背诵出来一个放走一个，背不出来的，他就说声“对不起”，然后把你关在教室里，什么时候背出来什么时候再放你走。曾经有两个同学到天黑了也没有背出来，被关在教室里。当然，晚饭他供，还匀出自己的被褥，供那两个学生睡。

我们的课桌是用两块木板拼成的，很不规整；凳子是用一块木板搭建的，非常简陋，坐在上面总让人提心吊胆。上课时，因为听不懂他说什么，我们常常会交头接耳，相互询问。可是他眼尖，一看到有人说话，手一扬，粉笔头像长了眼睛一样向你飞来。他要我们绝对安静，坐要有坐相，把手背在背后，挺直胸膛，不准交头接耳。

几个星期后，一件让全校师生震惊的事发生了：杨老师从家里拉来一头母猪，每天安排两个值日生早早到校喂猪。每天到校后，学生们要在校园里排成队，每人交一个洋芋、一把猪草，两个值日生每人拿一个撮箕，依次收取。

按照规定，值日喂猪的同学要比别的同学早几个小时到校，必须在早晨上课之前将猪食煮好。和我一起值日的同学叫马拉布，是个彝族同学。冬天的山路上铺着一层薄霜，可是，马拉布还光着脚。我看他冷得实在受不了，就把鞋脱给他穿，自己光着脚走，可只走了几十步就觉得脚掌刺骨般冷痛。我赶紧坐下来，端起自己的脚使劲搓揉。没有办法，他又把鞋子脱下还给我。我想了一个办法，背他走。一试，也不行，走不了多远，就累得气喘吁吁。后来，我俩干脆一人穿一只鞋，从身上的衣服上撕下一小块布包着另一只脚往学校赶。

杨老师安排大家值日喂猪，很多同学不解，常在背地里骂他，家长们却很理解，很支持。我父亲认为，老师教我们学知识，我们给老师喂猪，是天经地义的。

几个月后，母猪下崽了，一共下了七个猪崽。我们都非常高兴，家里人也很高兴。母亲有一次还叫我带了点黄豆去喂猪，说黄豆会促进母猪产奶，让猪崽吃饱。

一年后，猪崽都长大了，老师就把母猪拉回家了。长高了的架子猪喂了一段时间后全卖了。看到老师在大把数钱，我们想这个矮子老师赚大了，他真会找钱。可是几天后，我们发现杨老师给没有鞋穿的同学都买了鞋，马拉布也得了一双；剩余的钱全买了作业本和铅笔，发给每个同学。有个学长因为在假期里喂猪，老师还特意给他买了套衣服。过了好久，我们都觉得这件事像做梦一样。

从那以后，我们背地里不再叫杨老师“夺至”，而是叫他“赫”——普米语里是“神”的意思。

（原载于2012年第12期《中学生阅读》）

我的上司胡全

那个冬天的早晨和其他冬天的早晨没什么两样，麻雀的叫声从那棵白蜡树上清脆地滴落，太阳懒洋洋地从东河后面的山爬起来。一些废纸不时被风卷起落下来，又倏地飞起。街上的行人很少，偶尔驶过一辆拉运木材的卡车，这幢临街办公楼的玻璃窗就会轻微地响动。女同事在办公室里打扫卫生，我站在窗前，望着落寞的街。这时，不知谁说了声“新局长来了”，就见很多人走出办公室，在过道张望。

新局长胡全原是县审计局局长，调任来当县财政局局长。那时，我对谁来了、谁走了都不关心，好像与我无关似的，“铁打的部门，流水的官”嘛。有时，部门也不是铁打的，比如遇到机构改革之类，说撤就撤，说并就并了。官倒是流水一样，走的走，来的来。我自己觉得谁来都一样。所以，在我用手抓住护栏，倾身看着几个人跟在一个个头不是很高，穿着西装却未打领带，稳健地迈着方步的男子走来时，除了那男子光亮的头在我心里闪了一下之外，我没能记住更多的细节了。

一切都在寂静中生长，一切都在缓慢中行进。

有一天，我忙完了工作，正在一张纸上写着什么，没察觉他是什么时候走进来，站在我背后的。发现他时，我有点不好意思。我急忙站起来请他坐。他摸了摸下巴，笑了笑，叫我坐下后说："年轻人有点健康爱好总是好事，在做好本职工作的前提下，看点书，写点文章，总比在办公室打毛衣、吹牛聊天强。"他说我的诗写得不错，鼓励我好好发挥，还拍了下我的肩。他说出这些话，我是一点也没有料到的。而他在我肩上的一拍，不像是随意的，因为他拍下后顿了一会儿，还按了按，有点像功夫片中高手传功的样子。而我也确实感到有一股力渗透进自己的体内。他一走，我急忙看刚才写下的句子，只见上面写着：

我是山里人
习惯于崎岖
走出并不崎岖的感觉
属于梦的年龄
一切算不了什么
山道，不过是我手里一根鞭子
……

看着自己写下的这些句子，我吃了一惊。惊异之余，我咬咬牙，顺势一吐为快：

我是山里人
不想知道天有多高
地有多厚
只想以山民后代的名义
吆喝着群山
走向没有回声的平原

诗写完了，后来还发表了。这首诗成了我在办公室写下的最后一首诗。不知怎的，自那以后，我一走进办公室就没有了灵感。虽然他说只要完成了本职工作，写写文章也无妨，我却没有再写。我的诗文都产生于办公室之外的地方。可是那以后，我对这个没有多少胡子，却总是摸着下巴作拔胡子状的彝家汉子肃然起敬。我工作比过去更努力了：局里要派人下乡，我主动报名前去；一位同事在格里坪撞车住院，需要人前去护理，我也去了……只要单位需要，就主动承担。由于工作上取得了一些成绩，我从一名办事员成为股长，继而当了他的副手；写作上也没有停顿，还在人民大会堂领了几次奖。第一次去领奖时，已临近年底，我对他说："得了个奖，要去人民大会堂领奖，去还是不去？"他说："能去人民大会堂领奖的人也没有多少，怎么能不去呢？去，而且坐飞机去。"他说他跟县长说一下。当时机票报销就是县长签批的。只是他又说："领完奖就回来，年底财政工作多忙你是清楚的，没有时间玩了。”我去了，领了奖就返回来了。我把奖牌和证书给他看时，他摸着我的奖牌，连说“干得好，干得好”。

我协助他工作了一年多，他就调走了。按时下一些人的说法，是“退居二线”了。临走的时候，听说他还向组织推荐了我。虽然未能如愿，但对他的赏识我还是心存感激的。不过三年后，我最终还是走向了他当初举荐的岗位，并且在任期内获得了县人大常委会授予的“人民满意的公务员”的称号，获得了“云南青年五四奖章”，获评云南省财政系统及丽江市财政系统先进个人，并记三等功，还被共青团中央、国家民委、全国青联授予“全国各族青年团结进步先进个人”。荣誉不是工作的全部，也不全是自己的，但是，荣誉是对工作的一种肯定。他知道后比我自己还要高兴。

他是一个智慧的人，也是个乐观向上的人。他说人总要给人以希望，哪怕这种希望不是很大，总比让人失望强。他还说，年轻人就像水一样，你把它装在盆里它就像盆，装在碗里就像碗，装在瓶里就像瓶，关键是看你怎么去培养。我不知道自己是像碗还是像瓶，但无论怎样，我坚信里面装着的都是正直和善良，还有对社会的责任和义务。

很多时候，他是个沉默的人，总是在无声无息地做事。在你走着走着，需要铺路石的时候，他已铺好了砖石；需要梯子的时候，他已搭好了梯子。即便无力为你做什么了，还会用一双关切的眼注视着你。随着自己经历的事不断增多，每走一步都觉得艰辛的时候，他润物细无声般的关爱，显得越发珍贵。

现在回想起那个冬天，有种春天的感觉。他从过道里走过来的模样，在我脑海里定格为一张黑白照片，轻轻擦拭时，总弥漫着往日的温馨气息，给人以无限的感慨。

（原载于2009年第4期《边疆文学》）

六世达赖喇嘛的情怀

爱情是文学永恒的主题。我曾写过相当数量的爱情诗，现在翻阅，也常被自己感动。在我有限的阅读经验中，我还被白朗宁夫人的爱情诗感动过。而六世达赖喇嘛仓央嘉措的情诗，则让我在布达拉宫唯一保留他遗迹的德丹吉殿内，默默地低下了头。

那年我去拉萨，买机票时才发现机票是不打折的。想了下，觉得也应该是这样。想想那些一步一磕头的朝圣者，机票一打折，就好像要“折”去很多心情。

去某地，我首先想到的不是那些山水，而是一些人——过去的和现在的人。在飞机上，我首先想了一会儿扎西达娃，他胡子拉碴的模样就浮现在眼前。这个《西藏，系在皮绳结上的魂》的作者，留着一头长发的西藏作家协会主席，待他像一头孤傲的野牦牛一样从脑海中走过后，我看了一下窗外巨大机翼下盛开着的云朵，想起六世达赖喇嘛仓央嘉措来。

在西藏历史上，六世达赖喇嘛仓央嘉措是个具有特殊地位的历史人物，有关他的生平，至今仍在争论。作为杰出的诗人，他的情诗在西藏民众心目中的地位，至今无人能及。我看过的他的诗歌的译本有十多种，未看过的译本可能还有很多。无论是中国还是外国的诗人，把其诗歌译成汉语且有那么多种版本的，可能只有仓央嘉措了。

我想象不出他的模样，我仔细地搜索着他应该像的人。这时，于坚先生的光头冒了出来，我在永宁大加勒寺当主持的堂弟翁争喇嘛也冒了出来。当我把他俩想象成六世达赖喇嘛仓央嘉措，从布达拉宫的小门走出来，走向那些低矮的房屋，坐在平民少女旁边时，他们就拘谨起来了。他们无法自然地把少女搂在怀里。仓央嘉措的模样不应该像他俩的感觉就有了。确实，于坚先生是中国当代最为杰出的诗人和散文家之一，但他是个“无法想象一个诗人坐在酒吧里唱歌会是什么样”的人。而我那位喇嘛堂弟，跟他谈女人，如同谈一个石头。问他是否想成家，他还责怪我怎么会问这样俗的问题。找个媳妇，在他看来生不如死。罢，这两个有慧根、有佛相的人都不像，我就再也想象不出仓央嘉措该像谁了。

想象不出他像谁，我就不再想象了。我只想他的诗。他的每首诗都很短，却精：

常想的喇嘛的面孔，
怎样也来不到心上；
没想的心上人的容颜，
却出现在眼前明明朗朗。

多么的真切！一个活佛，在念经的时候，应该入定，眼前应该浮现出喇嘛高僧们的面孔。他是这样想的，也是这样做的，可是偏偏那些都没有出现。虽然，他没想心上人的容颜，但心上人的容颜却出现在眼前！

他不得不求大德的喇嘛：

求求大德的喇嘛，
把我的心儿收去！
心儿才收回来，
又跑到姑娘那里。

这让他感叹道：

想她想得放不下，
如果能这样修法，
就在今生今世，
一定会成佛吧！

我们无从知晓六世达赖喇嘛仓央嘉措在最初的时候，遇见了怎样令他倾心的少女，使他毅然地和少女相约、相爱，而决不顾忌自己活佛的身份。我们只从他的诗里知道，他白天是仓央嘉措活佛，晚上则化名成达桑旺波去约会。但他的秘密还是被人知道了：

夜里去会情人，
早晨落了雪了，
守秘密又有啥用，
脚印踏在雪上了！

很直白，很写实。作为六世达赖喇嘛的他，即便晚上去约会了，天亮前还得悄悄赶回布达拉宫，装作很正经的样子躺在床上。可是，下雪了，脚印都留在雪地上。最初人们还以为是小偷进了仓央嘉措的房，顺着脚印，查到和他约会的少女家，才知道是怎么回事。

仓央嘉措只得写道：

看门的四眼老狗，
你的心儿比人乖，
别说我夜里出去了，
别说我早上才回来。

当然，他也知道人们在谈论他的所作所为了，老老实实地写道：

人们说我的话，

我心中承认是对的。
我少年琐碎的脚步，
曾到女房东家里去过。

仓央嘉措品尝着爱的甜蜜，也品尝着爱的苦涩：

爱人和我中间，
亲密得丝缕也难容；
不料人们横加袭击，
便觉得日渐疏松。

他也憎恨对爱的背信弃义：

姑娘不是妈妈所生，
怕是桃树生的。
为什么她的爱情，
比桃花谢得还快呢？

从小相爱的姑娘，
莫非是狼的后裔？
为啥相亲相爱，
还想跑回山里？

野马跑到山上，
可用绳子捉拿；

变了心的情人，
神仙也抓不住她。

从这些诗里，我们根本看不到六世达赖喇嘛作为活佛的半点影子，我们只看到了一个普通的人。我想着仓央嘉措的诗，被他的诗折服，被他诗中的真诚折服，被他的行动震惊。我觉得仓央嘉措只不过做了一个男人可能会做的一件事罢了。这使我想到：一个不俗的人，如果有一点俗念、俗行，倒反让人觉得亲切；反过来，一个俗人，如果有一点不俗的念头、不俗的行动，会让人觉得可敬。

对于六世达赖喇嘛仓央嘉措，我觉得有一首西藏民歌唱得好：

别怪活佛仓央嘉措
风流浪荡，
他所寻求的，
和凡人没有什么两样。

我想正是由于这种理解，使得两百多年过去了，人们还在传唱着他的诗歌。我在布达拉宫德丹吉殿六世达赖喇嘛仓央嘉措的宝座前低下头。我在心里说："我也是个诗人，请给我插上翅膀，让我飞去理塘、琼结看看你爱过的姑娘。"我听到他在说："我爱过的姑娘开在树上，春天的时候，你们都能看到她们！"

（原载于2005年6月4日《丽江日报》，获2005年度云南省报纸副刊好作品一等奖）

斯图加特的一只喜鹊

2003 年秋天，我随云南作家代表团出访欧洲。在广袤的欧洲大地上，总有些事让我兴奋不已。有一天早晨，我独自去散步，先遇见两个老人牵着狗在溜达。再走一段小路，遇见一棵云南松站在那里。我像遇见一位熟人一般，忍不住伸出手去想同它握手。当然，“手”是握不成了，我摸了一下树干。那天，我就因为看见了一棵云南松而高兴着。最让我高兴的是，在斯图加特还遇见了一只喜鹊。

斯图加特是德国著名的汽车城。参观完汽车博物馆，我在门外的椅子上休息。这时，一只喜鹊飞来停在屋顶上。我大吃一惊。确实，我毫不夸张地用这个词。我纳闷为什么在这个遍地是汽车的城市还有喜鹊，她吃什么呢？如果是在森林里，那是一点也不奇怪的。而在这高楼林立的城市，确实让人惊奇。不管怎么说，这只喜鹊出现了，就停栖在对面的屋顶上。在我看她的时候，她也看了我一眼。风吹动着，她不停地摇晃着。她又看了我一眼，那么深情！我的心颤动了。我急忙拿出笔，在一张纸上写道：

参观完汽车博物馆
一只喜鹊刚好飞来
停栖在屋顶上
在我看她的时候
她回头看了我一眼
风吹来
她摇晃着美丽的身子
又看了我一眼
就这么一下
在这个遍地汽车的城市
我想成为她的食粮
让她用尖而细的嘴
啄食

诗一气呵成。原想删掉最后两行，但想到“水至清则无鱼”，为了画面的动感，作罢。朗诵了一遍，觉得马马虎虎。不想这时，那只喜鹊回头看着我叫起来：“喳！喳！喳喳！”我幸福得差点晕过去。你们不懂喜鹊的语言，当然也就无从体味我的幸福。那只喜鹊的话，翻译成英语就是“I love you！”。

意料之外的幸福就这样降临在英俊潇洒的中国普米族青年男子身上。隐约地，听到黄教宗师宗喀巴在耳边说：“她的前世是玛丽莲·梦露，来世是你的情人！”我说怪不得，我一见她就想成为她的食粮，原来是我来世的情人啊！

我们乘坐的巴士就要开了，那只喜鹊还没有要走的意思，有种依依不舍的感觉。看着她，我的泪水忍不住流了下来。我挥泪向她告别，我说：“亲爱的，再见吧！等你找不到食吃的那天，你就来中国，来云南省，然后到一个叫丽江的城市。那个城市很美丽，有玉龙雪山、四方街、黑龙潭、纳西古乐。那里有很多了不起的人，譬如什么宣科先生、胡文明教授等。你不要被他们迷住。虽然我也不是很差，但我不在那里，你在那里找不到我。那里的人牛得很，说话嘴皮子都往下撇起一点。那里的鹊大概也不例外。你要学着那里的鹊的口气问‘江东三县’中的宁蒗在哪里，他们就会指一条路，你就顺那条路走来。最终你会来到只有一条长街的一个县城。到了县城后，你不要问诗人鲁若迪基在哪里。他们不知道他，他们还认为那是一位外国著名诗人呢。你要问某某单位的某某在哪里，你就会找到我。我没有什么好招待你的，只有洋芋、荞粑粑、坨坨肉，这些是我们宁蒗最好的食品了。说实在的，亲爱的，我也很‘喳喳’你！……”

话还没说完，车就开走了。这时，天空下起了雨。车开得很远了，我还听到她被雨淋湿了的声音不停地传来：

喳！喳！喳喳！

喳！喳！喳喳！

……

（原载于2005年第11期《边疆文学》、2007年9月6日《文艺报》，组散文获2005年度“边疆文学奖”）

给马石宝致悼词

我出差途中，听说马石宝病了，心里就一直牵挂着他。他是我们单位年龄最大的一位职工，退休还没到几个月。退休前他是我们单位的会计，还一度担任单位的党支部书记。他在任党支部书记的九年时间里，发展了不少党员，我是其中之一。

1995年之前，我在做好本职工作之余，只梦想着成为一名纯粹的诗人。我只想成为与众不同的“另一个”，而不是这一群中的“这一个”。我留着长发，穿着花格子的衬衣，偶尔去作家西希、汤格·萨甲博家混顿饭吃，抑或到诗人李黑、任尚荣处喝点小酒。这使得我妻子经常抱怨我不像一个有家的人。我觉得这样的生活还是不错的。我想，我的一生可能就这样度过了。不承想，马石宝来了。

一天，马石宝来到我的办公室，他拿着个茶杯，穿着中山装，戴一顶军帽。一看这身穿着，好像时光还停留在二十世纪六七十年代。他下巴上的胡子，那才叫真正的胡子，有一根算一根，又粗又硬，间或一根白的，也白得发亮。

他在我对面的沙发上坐下来，看了我一眼，鼻音很浓地跟我说："我看你虽然留着长发，穿着花格子的衣服，本质还是好的。我想发展你入党。"

我笑了笑："留着长发，穿花格子衣服的男人就坏啦？你是这样看人的？"

他顿了顿说："当然不是这样看人的。不过，你这个样子我是怎么看都看不顺眼的。"

我心里说这个老倌还是蛮可爱的嘛。我给他茶杯里加了点水，他埋着头喝了好几口。他望着我，长时间不说一句话，我被他看得有点不知所措。好一会儿，他才说："我的能力很小，我能够帮你的事很少。我看你有水平，工作也不错，想着我还任支部书记的时候，介绍你入党。"

听他这么一说，我鼻子一酸，差点流出泪来。那种朴素的情感让我不能言语。

他嘱咐我好好学习，努力工作，放下一个红本本就走了。我一看，是一本党章。

……

就是这么一位纯朴善良的人，在我出差返回宁蒗前一天去世了。我未能见他最后一面。

追悼会在新营盘乡牛窝子村他家简朴的小院里举行。黑色的布、白色的字，哀乐低低地回旋着。遗像端正地挂在中间，无论从哪个角度看，他都好像在看着你，在盯着你，他的眼睛无处不在。

追悼会由我致悼词。我怀着十分沉痛的心情，读着办公室起草的悼词。我没能够像恩格斯在马克思墓前一样讲话，也没能够像左拉在莫泊桑葬礼上一样演说，因为死者是那样的卑微，更为卑微的还有致着悼词的我。我为马石宝同志的死哀伤，也为千篇一律的悼词哀伤。我以为，可以为这样的悼词，作篇“悼词”了。话虽这样说，当我读到“马石宝同志，安息吧！”时，泪水还是湿润了我的眼眶。

悼词读完了，我看着一个人的一生变成的手里的几页纸，感觉到生命是多么的轻！无论多么辉煌的一生，最终都只是这么几页了。在我读着马石宝同志某年某月至某年某月在县委常委工作、某年某月至某年某月在县财政局工作等等时，觉得属于他的很多岁月就这样过去了，像白开水一样。可是，日子不像我们念悼词一样简单，日子是一天一天过着的。这么一想，白开水也有了味道，日子也有了色彩。芸芸众生，生活有好坏贫富之差别，生命却无贵贱优劣之分，死亡对每一个人都很公平。

十月的新营盘，稻田里的谷子金灿灿的，等待着人们收割。我觉得人和庄稼也差不多，随时都有可能被称作“时间”的东西收割走。有的还没有熟透就被收割走了。57 岁的马石宝应该是因时间失误而被收割走的。

在致悼词的时候，我总觉得他的眼睛在背后望着我，一如他在世的时候那双充满关切的眼。在这样的目光下，你是不敢懈怠的，只有不停地努力，才有勇气与他对视，才能毫无愧色地活下去。

死的死了，活着的还得活下去。不过，如果不从“死”里体味“活”，从“无”中体味到“有”，仅仅是为活着而活着，生命又有多少存活的价值呢？

马石宝同志，安息吧！

（原载于2005年第11期《边疆文学》，组散文获2005年度“边疆文学奖”）

一匹叫尼采的公马

疯子我是见过的：读小学的时候，见一男人在学校的操场上，吹着哨子迈着正步，从这边篮球架下走到那边篮球架下，如此数天，不清楚他为什么这样。一问旁人，说是一个疯子。也许是印象太深了吧，很长一段时间，我都以为疯子就是这个样子。直到有一天，在一个城市看见一个赤身裸体的男人走在街上，我才惊愕地反应过来：原来疯子还可以不是这个样子，而是那个样子地走在街上！

疯子就是疯子！他让一个城市的人睁大了眼睛，张大了嘴。不过，我想，现代人把青山绿水隔绝起来，把鸟语花香隔绝起来，把土地隔绝起来，住在钢筋混凝土的房里，在噪声里过日子，不疯才怪。

从那以后，我开始关注疯子。就我的观察而言，城市里的疯子不但数量比乡下的多，胆子也比乡下的大。他们有时还欺负乡下来的疯子哩，好像这个世界天生就是他们的。无知者无畏，不知者不为罪。我在这里也没有责怪城市疯子的意思，我们乡下人肚量大得很，即便写文章，笔随便稍稍往上一提，就原谅了所有不该原谅的人，放过了所有不该放过的人。

我还发现这么一个事实：男女疯子相比，男疯子是越穿越少，最后竟一丝不挂也不觉得害羞，而女疯子是越穿越多，最后竟用一床被子把自己捂起来，好像要捂着个什么东西。其实又有什么东西呢？什么也没有。

随着观察的进一步深入，我的目光越过崇山峻岭，跨过海洋，停留在欧洲一个著名的疯子上。他有一张忧郁的脸，蒙克在 1906 年曾画过一张他的肖像画。但我觉得画家把他的目光画得平和了，我觉得疯子的眼睛不应该是这样的。大多数疯子的目光是呆滞的，就像《追捕》中的杜丘在医院中的那双眼睛。而这个疯子不是一般的疯子，他是著名的诗人，著名的哲学家，他的目光应该是深邃的。

我说的这个应该有着深邃目光的疯子，就是大名鼎鼎的尼采。

我说尼采是疯子，是因为他确实是疯子。尼采十二岁开始出现头痛与眼病症状，二十九岁起患剧烈的偏头痛，四十五岁起精神完全失常，于 1900 年病逝，享年五十六岁。在他短暂的生命里，他的大部分时光是在病痛中度过的。但是，就是这样一位精神病患者，却给我们留下了大量的哲学著作和诗篇，让人不得不对他肃然起敬。

尼采哲学思想的核心是“超人”说。尼采把生物分为三类：动物、一般人、超人，由低级到高级。他认为超人是创造历史的英雄、人类的先知、上帝的儿子、专横独裁的统治者。他说“人类生存之目的在于产生伟大的人物”，“无天才即无历史”，“我要你们有生存的意义，这就是超人，作为阴沉黑暗中的闪电的人”。他说：“哲学家们并不是生下来相爱的。雄鹰决不结队飞翔，这种事应当让燕雀去干。……高翔远翥，张牙舞爪，才是伟大天才的本分。”

他把超人凌驾于人之上，说“人是要被超越的东西”。

除了超人说，尼采还提出“权力意志论”。权力意志论是其超人说的理论基础。尼采提出“社会历史和世界上的一切伟大事物都是由掌握权力的人凭借个人意志创造的”。他认为“权力意志多的人，创造着精神文化财富，权力意志少的人，只能提供物质需要；权力意志多的人，是世界的强者，权力意志少的人，是世界的弱者”。他还认为“世界就是强者和弱者较量权力的斗争”。同柏拉图把人分为金质、银质、铜质的人一样，尼采把人分为统治者、法律的捍卫者和一般劳动人民，提出人是生而不平等的。不平等是自然的法则。他还认为“战争是生命上升和自我肯定的首要条件”，理由是：“第一，从道德的观点看，战争乃是人民生活和国家生活中的‘最高的’道德原则，和平只能导向停滞不前和道德退化。第二，从生物发展的观点看，战争是人类生存竞争的表现形式，人类要前进要发展，就需要战争。第三，从地理条件看，某些地区人多地少，为争生存必然要发动侵略战争。第四，为了要建立一个由‘超人’领导的世界政府，战争不可避免”。

由此我们不难看出，为什么长期以来，尼采被打上“资产阶级反动思想代表之一”的烙印了。他的理论最终被法西斯主义者所实践，发动了第二次世界大战。这点，疯子尼采是没有想到的吧？他也没想到会出现一个比他更疯的叫希特勒的人。

我认为思想是无罪的。就如你想干点“出格”的事，如果仅仅是想，那是无法定罪的。当然，想多了，人们除了说你可能有病之外，还是不能说你是有罪的。从来没有哪个人是因为“想怎么样”而被判刑的，道理就这么简单。一个思想家对世界进行思考，提出自己的看法，何错之有？“反动”或“不反动”是外界的认为或评判，与思想家无关。如果每个思想家在思考之前，就考虑思想是否反动的问题，这个世界就没有思想家了。没有一个思想家认为自己是错的，即便我们说的“反动的思想家”也如此。我以为，尼采努力地从平庸中摆脱出来，积极地向上，对弱者不能不说是敲了警钟。其实，每个人都是自己的思想家，我们不能为了迎合媚俗而使自己陷入平庸。

德国人向来自夸是诗人和思想家的国民，主要是因为德国有集诗人和思想家于一体的大成者，这些人中有歌德、海涅、席勒，还有一位便是尼采。

尼采是一位在全世界都有着广泛影响的诗人。他的诗——无论是抒情诗还是箴言诗——都充满了燃烧的激情、自我的深省、对世界的诘问。他用象征、讽刺、反论等表现手法，写作了大量的诗篇，成为德国象征主义文学的先驱。萧伯纳、叶芝、里尔克、鲁迅等文豪都受过他的影响。十多年前，我曾将他的一首题为《人生》的诗抄在笔记本上。这首诗只有四行：

人生乃是一面镜子，
在镜子里认识自己，
我要称之为头等大事，
哪怕随后就离开人世！

当时我看到这首诗，只是喜欢它而把它抄下，根本不知道这是尼采十四岁时的作品。尼采在十四岁时曾写过一篇回忆录，批评自己十一岁以后写的诗，文末以这首诗作结束。我到现在还纳闷十四岁的他何以有那样深刻的思考。我想：正因为从小养成的这种对人生的思索，才使他最终成为一个思想家的吧？

在他的箴言诗里，我喜爱1887年版《愉快的知识》的题词。在这首题为《我的大门》的题词里，尼采写道：

我住在我自己家里，
从未学过任何人的任何样子，
而且——还嘲笑每一位，
没有嘲笑过自己的大师。

这是继鲁迅《野草》题词外，我最喜爱的题词。从这首诗里，我能感受到尼采的幽默、特立独行和智慧。我以为嘲笑别人的人都是一般的人，只有嘲笑自己的人才是有智慧的人。尼采在自己的作品里常进行自我嘲笑和自我批评，这在思想家中是不多见的。

尼采在给女性用的箴言诗里曾这样写道：

黑色的衣服和沉默可以把每个妇女打扮得——理智些。

读着这样的诗，我会心一笑。

他的箴言诗里，还有一首题为《有一天有许多话要说出的人》，也是我所喜爱的。他这样写道：

有一天有许多话要说出的人，
常默然把许多话藏在内心；
有一天要点燃闪电火花的人，
必然长时期——做天上的云。

这首诗使我想到“准备”这个词。这个世界上，原因是不会大于结果而存在的，有多大的原因，就会有多大的结果。一个人的成就与他的准备是分不开的。我们无法想象一个没有准备的人会成就一番事业。

在《狄俄尼索斯颂歌外篇》中，尼采写道：

我放弃了一切，

放弃我的一切财产；
留下来的再没有什么，
除了你，伟大的希望！

虽然尼采深受叔本华悲观厌世思想的影响，但是，从这首诗里我们却看到一种乐观向上的精神。只要希望还在，就意味着一切，其他什么都不重要了，包括财产。财产是物质的东西，而希望则是精神的东西。对于一个思想家而言，精神的追求比物质的追求重要。

他还写道：

人所没有，
而又必需的，
应当把它弄到手；
因此我给自己弄到个良心。

这也是《狄俄尼索斯颂歌外篇》中的一首。我以为诗人或思想家的“良心”，不应是词典里那种“对是非的内心的正确认识”。诗人或思想家的良心应该是敢于说出想说出的话，真实地表达自己。只要想了说了，就是有良心；反之，无良心可言。在这点上，尼采是有良心的，因为他说出了想说的话。虽然人们认为他错了，还把他钉在“反动思想家”的柱子上，但是，那是与“良心”无关的另外一回事。

他还有一首诗是这样写的：

哦，这些诗人们！
他们中间有公马，
以一种禁欲的方式嘶鸣。

看到这样的诗，我感慨万千。说尼采是匹公马，没人敢说的，我也未能例外，只有他自己说。我想这首诗是尼采自己的写照。尼采是个极不幸的人，五岁时就死了父亲，虽然在二十五岁时被聘为巴赛尔大学编外教授，三十二岁时却因健康原因，不得不停止讲课。情场上也不如意。他曾向荷兰女音乐家玛蒂尔德·特朗佩达赫求婚遭拒绝，向俄国女作家路·萨洛梅求婚再度被拒绝。尼采把叔本华称作自己精神上的父亲，叔本华提出拯救人生的道路，其中一个具体办法就是实行禁欲主义。所以，以一种禁欲的方式嘶鸣着的公马可能就是尼采本人了吧？无爱而生恨，所以，尼采仇视女人。如果我没有记错的话，“要想找女人吗？不要忘了带上你的鞭子！”就是尼采说的。我认为尼采仇视女人是没有道理的，但是，一个想要出类拔萃的男人，对女人保持适度的警惕，大概不会太错。

我想，尼采求婚一再被拒绝，主要原因或许是她们都认为他疯了吧。确实，这个世界上，除非我变成一个女人，好像还没有一个女人愿意嫁给疯子。虽然女人们一高兴就会晕乎乎地说“你是我的疯子啊”“我爱死你”之类的，但是一旦你真正疯了，没有一个人会理你。尼采这样优秀的疯子注定也是孤独的，他也只能“在轻轻的迷误之中蹲着沉思，最后从遥远之处唤回自己，把自己引诱到自己这里”。

尼采离我们远去一百多年了，他这匹公马以禁欲的方式嘶鸣着的声音，穿越时空，让在我记忆里吹着哨子、迈着正步的疯子和赤裸地走过城市的疯子，不得不停下脚步，寻找声音传来的方向。这时太阳当顶，两个疯子却怎么也找不到自己的影子了。

（原载于2005年第11期《边疆文学》，2006年第5期《散文选刊》转载，组散文获2005年度“边疆文学奖”）

守不住的时间

在斯布炯神山下，那个叫果流的村子里，我家祖上的香应该说还算烧得好的。这样说是因为“烧”出了一个村干部。

作为平民阶层，很小的事也容易感动我们。我至今都记得读书时谁给了我五角钱，给了我一双花袜子的又是谁。出个村干部，在我们一家人看来是一件足以光宗耀祖的大事情。想想，就一个村来说，不是每个人都能当个村干部什么的。就我们村而言，36户157人（彝族33户139人，普米族3户18人），自我们记事以来，村长也就那么几个：拉玛阿支、金古杨拉玛、阿争伍斤。他们三个分别是被称作“光溜溜三杰”的拉玛兴高、杨正兴和鲁若迪基的父亲。当然，这里说的

“三杰”是我们村里人说的，说大一点，是翠玉乡里的人说的，不能与“初唐四杰”啦、“黄埔三杰”啦等同。我们村里人把念过书，穿着干净的衬衣在城里上班的人都看作了不起的人，我们几个自然也就成了“了不起”的人，还被说成“三杰”。

我们村下来一公里多点的地方，是个汉族村子。我们那里的汉族常把我们说的“果流”说成“光溜溜”，有时见到我还问：“噢，你格是光溜溜村长阿争伍斤家的大儿子？格是要当官了？油肚都长出来一点了嘛！”对他们这种约定俗成的叫法，我不可能去纠正，我也只得不住地点头，恭敬地递上烟，搭讪一句：“啥子油肚，里面全是洋芋皮皮。”他们听着，“嘿嘿”地笑起来。

这么一说，大家都知道为我们家争得荣誉的村干部就是我父亲。没错，就是他老人家。我因一首《1958 年》的诗而让他有些不太高兴，害得自己到现在也不敢轻易用笔去“碰”这个脾气不是很好的男人。为了消消他的气，我前不久还专门回了趟家。

吃过晚饭，我约父亲去散步。他说：“只有城里人吃多了没事干才去散步，农村里散什么步！让人家笑话。”我说：“出去走走吧，我有话跟你说。”他说：“有什么话屋里说不成，还要出去说？”我说：“还是出去走走吧！”父亲拗不过我，只得同我出了门。

太阳就要落山了，霞光照在远处的玉龙山上，分外壮丽。我俩走了一截路，最后在一块草地上坐下来。这里，看得见一片片种着苞谷、洋芋的庄稼地，也看得见村子。洋芋开花了，有的开着白色的花，有的开着淡紫色的花，白色的居多，看过去就是白花花的一大片。苞谷的叶子长得跟公鸡的尾巴一样长，把裸露的地块都遮盖住了，成了墨绿的一片海。

我指着一块块地，一一说出主人家的名字，父亲有些吃惊。我说我的脑海里经常出现这些土地，还有村子里的人。父亲说我是这里出去的人嘛，应该这样。我说："在封建时代，无论做多大的官，除了皇帝之外，都要'告老还乡'的。他们回到家乡，会用自己积存的钱，置一些田地，修一个宅院，或办学，或搞点别的。十里八乡的名士听说了，都慕名来访。大家吟诗作赋，还不忘添一句'和鲁员外诗一首'什么的，想想真好啊！可是，我们这里公路不通，这个信息时代，我退休了也不可能回来了。你二老不一定就守在这里，去城里吧。这么多儿女，你们想在哪家就在哪家。"父亲看着不远处的村子说，到其他地方，他会病的，在这里他才舒服。他说看见庄稼他就舒服，看见膘肥的牛羊他就舒服，看见他的白骡子他就舒服。这里的家也好，房前屋后的果木树也好，他都能看到自己过去辛劳的影子，而去其他地方，好像属于自己的东西都没有了。想要重新开始吧，可是苦不动了。我们出去的这些儿女，他也不希望再回来了。在他们还在世的时候，能经常回来看看就高兴了。

天渐渐暗下来，父亲突然说："你不是有啥话给我说吗？"我说："没有。我只是想和你走走。我记得小时候，无论你去赶马帮，还是去山上放羊扎窝子，我总撵你路的。我那时觉得世界上的路就是你踩出来的。有一天突然去陌生的城市，我却找不到你脚下的路了，我只有自己走了。"

父亲默默地点了点头，说："你会走好的。"

我没有说话，把目光从他的身上移到很远的地方。那一刻，我觉得胸中有什么东西在燃烧。我还觉得父亲无形的手在给我灌顶，给我以无穷的智慧和力量。

我俩开始往家走。我默默地跟在父亲后面。他的背有些许的驼了。我曾在一首题为《远方》的诗里这样写道："路没有尽头 / 父母苍老的背已弯成桥 / 搭在艰难的岁月上 / 让我含泪踩过。"在没有桥的地方，亲人的背弯成桥，让我含泪踩过，最终走向远方。这是多么伟大的牺牲！默想着自己的诗句，再看眼前的父亲，我泪眼蒙眬。我觉得这样走着走着，父亲会渐行渐远，最后走到虚无里去。我忧伤起来。如果真有那么一天，我是多么可怜的一个孩子！即便我可能苍老了，但是，作为他的孩子，我依然会忧伤啊！

父亲不知道我在想什么，他独自走着自己的路。这个果流村的前村长，这个让我们引以为荣的人，此时，他的脚似乎没有踩在路上，而是踩在我的心上！我想，时光如果能够就此停留下来，我就一定能守住时间，守住这个人，让他永远走在我的前面！然而，谁能够守住时间啊？谁能 ?! "天空未留痕迹，鸟儿却已飞过。"也许，只有文字能够留存一些转瞬即逝的东西，只有文字能够守住时间。

这或许是我写这篇文章的一个缘由吧！

（原载于2005年第11期《边疆文学》、2006年第12期《民族文学》，组散文获2005年度"边疆文学奖"）

朱文和《云的南方》

有一次，《南方周末》记者采访与张艺谋合作过电影《英雄》的小说家李冯，问他最想合作的中国导演是谁，他说是朱文。

对写出了小说集《我爱美元》《人民到底需不需要桑拿》，长篇小说《什么是垃圾　什么是爱》等作品的朱文，人们是不陌生的。随便打开一本文学期刊，我们都能看到对他小说的精彩论述。朱文的小说“总是具有一种情绪化的抒情外壳，但即使在他的《我爱美元》这样直接书写欲望的小说里，我们也能够从文本‘反讽’的叙述基调中感受和触摸作家思索人类生存困境的哲学之思”（《钟山》）。“那不和谐的音响和粗野奔放的身影提示出朱文小说创作的重要方面，这就是叙事人表现出来的对向来属于知识分子的文学表达方式的拒斥。”（《江南》）“作为一个小说家，朱文叙述了一个又一个平淡与神奇、常态与荒诞、轻松与沉实、真实与虚幻相纠缠的故事，穿破生活现象表层，诉求于丰富的可能性与内在的真实性。”（《花城》）“朱文有能力抓住当代毫无诗意的日常性生活随意进行敲打，他的那些随意概括的表象，那些毫无诗意的当代生活场景，总是渗透进一种质素，一些莫名其妙的乖戾的不安定因素潜藏于其中，它们随时颠覆生活，要越出叙事的边界。”（《山花》）从这些信手拈来的评论里，我们不难看出，作为小说家的他是非常出色的。

朱文是小说家，但他更是一个诗人，而且，在他还不是小说家的时候，就是一个优秀的诗人。在我第一次看到“寂寞的日子里，唯一乐趣／是拆卸自己的身体／就像拆卸一把锈蚀严重的老枪”时，我有点震惊。作为蜚声中国诗坛的“他们”诗群的主要成员，朱文一直把诗歌写作当作自我教育的主要手段。他用一首首缄默、从容的诗篇构筑着自己完整、丰富的精神世界。

一个人，能把一件事做好就不错了，有些人一辈子就做一件事，也没有把它做好。如我们村里的一些农民，他们种了一辈子的庄稼，也没有把庄稼种好，还饿肚子。城里还有一些人，当了一辈子的干部，也没把干部当好，最终也不知道怎么干。有些人却怪得很，仅仅一件事是不够他们做的。朱文便是这样的人，他不但写好的诗、好的小说，还拍好的电影。

与小说家朱文和诗人朱文相比，人们对导演朱文似乎还不是很熟悉。

其实，朱文与电影早就结缘。由他编剧，改编自他的小说《我负责调查的一桩案件》的电影《巫山云雨》就曾获一系列奖。

《海鲜》是朱文执导的第一部影片，在国外获得了一堆奖。《海鲜》之后，朱文着手制作自己的第二部电影时，他在电话中告诉我片名叫《云的南方》，我觉得很有诗意。使我感到意外的是，他要我友情出演其中的一个角色，还说有几场戏要在泸沽湖拍摄。他还说他的每一部影片都有一个诗人饰演角色，第一部是金海曙饰演《海鲜》里的“江湖医生”，第二部是鲁若迪基饰演《云的南方》里的——他停下来没有再说下去。我说：“演什么啊？”他笑起来说：“到时候你会知道的。”

正式拍摄前，朱文带了一些相关人员察看了一下拍摄地。那时是冬天，永宁扎美寺对面的山看上去就有点太行山的感觉，那种荒只能让人沉默。

春天的时候，朱文带着摄制组来了。同来的还有影片的男主角李雪健，女主角金子。考虑到我的工作，我的戏份被安排在双休日拍摄。

第一次作为演员面对镜头，我还是有点无所适从。朱文说：“鲁若，你要相信我，把自己交出去！”

到这个份上，也只能把自己交出去了。我看了下剧本，故事非常精美。它讲述了一个叫崔大林的老人，年轻时曾有机会来云南工作，可惜他错过了。他在北方城市工作、生活，几十年过去了，妻子过世，儿女成人，他自己也退休了。此时他想着自己错过的那次工作机会，觉得如果当初去了那个地方，他的生活就是另外一个样子了。他梦想着云南，于是，他开始锻炼身体，来云南。来之后发生了一系列故事。

人生的一次错过引发的故事，耐人寻味。我的戏是第 62 场，只见剧本上面写着：

“村长坐在祖母屋的火炉边，板着脸，吃着烤土豆，半天不说话。崔大林（李雪健饰）有些诚惶诚恐地坐在一边。过了一会儿，村长终于开腔了。”

接下来就是村长与崔大林的对话。

至此，我才知道朱文要我演的角色是泸沽湖落水村的村长。对于村长这个角色，我是不陌生的。我父亲当过村长，我弟弟也当过村长，算来，我还只能算我们家的第三个“村长”。坐在火炉边没问题，板着脸也没问题（我的脸似乎不要演就是板着的），吃烤土豆也没问题（我就是吃烤土豆长大的），半天不说话更没问题（我有时一天也不说一句话）。有问题的是对话。因为我的宁蒗普通话有种怪怪的味道。可是朱文说，他要的就是这种效果。既然这样，还有什么可说的呢？开机吧！

我开始坐在那里说：“你从哪来啊？”

对方说：“512 厂，昆明附近。”

我说：“听口音不像南方人啊。”

对方说：“对，对，我是北方的，六几年对调来到 512 厂工作的，快四十年过去了，口音还是改不过来。”

我说：“我们这里是女人当家，女人干活，什么都是女人说了算，你懂不懂？你看我是村长，但是我也不当家，我说了也不算。政府有事要我办，我就办，我是村长，但是在这里我说了不算，你懂不懂？”

对方说：“懂，懂。”

我说：“你说要到这里住一段时间，我们欢迎，就是住下不走也没问题，但是你要懂这里的规矩。从现在开始，你不许再劳动，不许再操心，你懂不懂？如果我们发现你还在劳动，还在管事，我们只好让你走，你懂不懂？”

对方说：“懂，懂。”

我说：“真懂还是假懂？”

对方说：“真懂，真懂。”

就这样一场戏，我对朱文说是不是少了点。他说配角能有那么多台词很不错了，有的配角一句台词也没有。说完他眯眼笑着看我。他总是眯眼笑着。我说开玩笑的，我还嫌多了点。他说为什么。我说让我讲普通话费劲啊。他说很好，很好，然后“咯咯”笑起来。他终于笑出声了。

反复拍摄了五次才成功。一次是因为酥油灯灭了，一次是有一辆拖拉机在附近经过，一次是我忘了台词，除此之外还拍了两条。忘台词那次，朱文说他从镜头里看到我在不停地抽烟（吃土豆换成了抽水烟筒），想我可能是忘词了，还说我真聪明。确实，我当时忘词了，不好做其他动作，只好抽烟想词，记起了才抬头说了出来。

拍完了，我对李雪健先生说：“李老师，让你反复拍摄这么多次，真抱歉。”他说他们有时反复拍摄的次数比这还多，没什么，还说我演得真不错。我说我眼睛小，无法传神，不然效果会更好一点。可以了，眼睛大了不一定就能传神，他说。

朱文他们拍摄完就走了，就像来泸沽湖过冬的候鸟一样，来了又走了，只留泸沽湖在那深山里蓝着。我想起我们在湖上划船，他突然冒出一句："说完，鲁若又欢快地划起桨来。"我想那应该是一篇美文中的一句。我还想起几次去北京领奖，朱文都请一些朋友设宴为我庆贺。有一次还为我颁奖，奖给我一瓶苏格兰酒。他说苏格兰的民族文学在世界文学中占有一席之地，希望我通过努力，能在文学领域占有自己的一席之地。这瓶酒现在就摆在我的书房里，一见它，我就想起他说的话。

那以后，我还见了朱文两次，一次是在中央电视台《人物》栏目里，另一次是在凤凰卫视上。他依然眯眼笑着。

《云的南方》参加了一系列影展，每每参展，我都能接到朱文的电话："鲁若，现在柏林人民正在看你！""鲁若，现在巴黎人民正在看你！"每接到这样的电话，我都会在奇妙的时空里，想起眯眼笑着的他。

《云的南方》在柏林电影节获亚洲电影促进联盟奖，在芝加哥国际电影节获得"呈现银发族面相"特别奖；还获得香港国际电影节火鸟大奖新秀竞赛金奖、国际影评人联盟奖，上海国际电影节亚洲新人奖最佳导演奖……

韩东发表文章说："我喜欢《云的南方》，并固执地认为这是我迄今为止看过的最优秀的中国电影。"

我想，李冯是不会平白无故地对《南方周末》说那些话的。而我想说的是，把诗、小说、电影都搞得那么好的，在目前的中国，可能只有朱文了。

（原载于2006年3月25日《丽江日报》、2006年第10期《滇池》，获2006年度云南省报纸副刊好作品一等奖）

智叟宣科

那年，我第一次见到智叟宣科。当时我还在宁蒗工作，孤陋寡闻的我还不知道丽江有这么一个人。他已是六十多岁的人了，按一些“吃皇粮”的人的说法，已过退休的年龄。可是，你听他怎么说！他说：“我只有六十三岁，还很年轻。”这让我等二十出头，年轻得发绿的人，差点笑掉大牙，觉得这是多么风趣可爱的一个老头！在他面前，自己长这么大，还是个幼儿的感觉，而这种感觉是多么让人舒服！

我是去丽江参加第五届滇西笔会的，同行者还有如今“小凉山诗群”的骨干诗人、批评家李永天。确切地说，那是在上个世纪，1992 年。当时，丽宁公路还没有通，我俩坐着要散了架的公交车，经永胜一路颠簸到丽江，到丽江时已蓬头垢面。我俩洗了把脸就去逛古城。那时的古城还没有现在嘈杂，相对安静一些。徜徉在“小桥流水人家”的古城，我们心里有说不出的惬意。不知不觉我俩逛到了一个四合院前，只见门前竖着一块牌子，说每晚宣科先生在此主持纳西古乐的演出。门前聚集了不少人，可能是准备去听古乐的。当时，他的古乐乐队已演出三四年了，他已被称为丽江的几个“怪人”之一了。可是，我真的还不知道他。

笔会期间，我们被安排去听了一场纳西古乐。就这样，我第一次见到了智叟宣科，第一次聆听了纳西古乐。智叟着长衫，戴一副眼镜，很儒雅，像民国时候北大的一位教授。他知道当晚来的大部分是作家，对作家们的到来表示了欢迎。接着他口若悬河，滔滔不绝，一会儿用英语，一会儿用汉语，介绍老乐器、老乐师、纳西古乐，幽默风趣的语言不时引来一片笑声。笑声一停，美妙的乐曲便响起，什么《山坡羊》《一封书》……一首首动人的乐曲，如玉龙山上流下来的清泉，汩汩流进我们的心田。最后，演出结束时，他一句“请大家抢购我们演出的磁带吧！”把整场演出推向了高潮。大家也纷纷掏钱抢购起磁带来，引起一阵不小的骚动。

那次演出给作家们以很大的震撼，都认为“此曲只应天上有，人间能得几回闻”。虽说丽江的自然风光确实美丽，但还没有到摄人心魄的地步，纳西古乐却像一只手，把很多人的心“掏走”了。不久，有关那次聆听纳西古乐的文章就在各地报刊发表了。智叟我虽是第一次见，却给我留下了难忘的印象。每次想到那次演出，智叟的一举手、一投足，像电影画面一样浮现在我的眼前。主持时，智叟还掀起长衫，露出牛仔裤，在大腿上一拍说：“我岁数那么大，还显得那么年轻，为什么？就是因为喜欢纳西古乐！”我觉得他是我们丽江的一个牛仔，为纳西古乐而生的一个牛仔！

那以后，我和智叟又见过几面。在开市文代会时，我见他来了，站起来向他致意，并给他让座。他点头笑了笑说：“谢谢！不坐就不坐，要坐就坐第一排。”他用手指了指第一排，说：“我要去那里坐，你也可以去那里坐的。”我被他的话逗笑了，我说：“我就坐这里，能坐这里就不错了。”我不知道那是第几排，反正离第一排还很远。

有一年，省里对新中国成立以来为云南文学艺术做出贡献的人士进行表彰。这些被表彰的人中有去世的一批，退休的一批，中年的一批，年轻的一批，被称为“四个一批”人才。智叟宣科被授予“文学艺术成就奖”，我有幸被授予“文学艺术新人奖”。在颁奖现场，我看到智叟精神抖擞地来了，就过去向他问好，告诉他我是鲁若迪基。智叟认真地看了下我，略为夸张地说：“噢，你就是大名鼎鼎的鲁若迪基啊？你很有成就的哦！”我说：“惭愧得很，没什么成就，也没有什么名。在您老面前还有什么名人啊？只有您鼎鼎大名。”他笑了笑说：“这倒也是的。”这让我不得不摇头笑起来。在我认识的人中，我还真没有见过这样从不低调的人啊！这样老了还能像血气方刚的初生牛犊一样，很不容易的。不像我等，说几句出格的话，非得喝下几盅52度的烈酒不可，过后还有点后悔。不由得你不佩服啊！我俩正说着话，很多记者发现了他，涌了上来，向他提各种问题。我不便在那里就走开了。我在不远的地方看着他，只见智叟又是比啊，又是划啊，又是说的，神采飞扬。我觉得他对镜头有种特殊的感情，一看见镜头就兴奋。

去年，我听了智叟的一次演讲。一开口，智叟就说：“有人说我是‘鬼才’，我好不容易从地狱挣扎出来，做了人，又被人称为‘鬼才’，对此，提点小小的抗议。不过，称我为‘鬼才’的是谁？是季羡林。他问我，老弟，什么是神？我说了一句自以为很不错的话，他却说神就是‘超级鬼’……”你听智叟多会说话，分明是暗自窃喜呢，却还说“提点小小的抗议”！

智叟是个幽默而且掌握幽默分寸的人。幽默一旦过度，就会陷入滑稽，而一旦流于滑稽，就变得低俗了。在那次演讲里，智叟还说：“今天在座的有很多是我的学生，我的学生嘛，思想——”说到这里，他停顿下来。大家以为他会说“思想更开放”或什么的。可是他环顾了一下四周，缓缓地说：“也和大家一样！”你看他多会卖关子，他把你往前引着走，而且来个小跑，又突然来个停顿，让你打个趔趄。多么聪明！我等小辈哪里能及？

智叟在演讲中除了幽默，还敢于讲真话，敢于批评，那次演讲也不例外。他对时下出专辑，一些党政要员附庸风雅写歌词等提出了批评。他说：“现在出专辑成风，随便会唱几句就出专辑。要出专辑，宣科老师先出嘛！你们很多人都曾陶醉在宣科老师的歌声里的嘛！某某某还写歌词，他会写吗？不会写。这些事，你们有乌纱帽，所以不说；而我没有乌纱帽。不过，我的发式还不错。”他用手理了一下头发说。

这样直言不讳的批评，在政协联组会议上我也听到过。那次，他在会议上除了对现在青少年犯罪表示关注，还对“大玉龙”捆绑式的旅游也提出了批评。他的有些批评，我虽不敢苟同，但我能感受到他的迫切关注和良苦用心。他怕我们做不好事情，怕我们赶不上别人，所以看到什么就说什么，想到什么就说什么，拳拳赤子心呐！他真的为丽江的发展着急呀！这对一个七八十岁的老人来说是多么难得！所以有时候，我在一些场合听到人说“智叟宣科又说什么了”时，言外之意不言而喻，我却不以为然。说实话，有时我很不在乎他说什么，说得对或错。我觉得在这个世俗的社会还有这样一个老人在说话，发出这样不同的声音，就非常地珍贵，这是社会文明进步的需要。

智叟宣科这个人是说不完道不尽的。纳西古乐在智叟之前就已经存在，这是纳西先民对这个世界的贡献，这是不争的事实，但智叟的出现，却让这种古老的音乐为世界所熟知，这也是不争的事实。如现代行为艺术一样，由于智叟宣科在场的表演，纳西古乐变得生动活泼，被更多的人接受和喜爱，这点很多人也是认可的。他是不可替代，也是不可复制的。他是这片土地上千年才出的一个人，说“千年一宣科”，应该是不为过的。

智叟宣科是大家的，更是我们的——他是我们丽江的宣科！今年三月，在他八十大寿暨纳西古乐演出二十年庆典时，我有幸受到了邀请。可是，因我随中国作家代表团去台湾访问而未能参加，实在是留下了点遗憾。不过，下次智叟九十大寿时，如果还有什么人邀请我去什么地方访问的话，我现在就决定不去了。我要好好参加智叟的庆祝会，好好敬他一杯酒，祝他更健康，更长寿！

（原载于2009年5月2日《丽江日报》、2009年第9期《青海湖》，获2009年云南省报纸副刊好作品三等奖）

“拉登”和他的母亲

我要写的是我的一位朋友和他的母亲。我的朋友叫李文华，“拉登”是我给他取的绰号。不过这个绰号现在叫响了，整个系统都这么叫他，以至于他本人打电话时别人问他是谁，他都说自己是“拉登”。

“拉登”和我是同年参加工作的，只比我早一个月，可是他的工龄却比我长好几年。因为之前他是当兵的，在部队的几年是算工龄的，所以有时他在我面前“倚老卖老”，说他是“老同志”，还经常叫我拎着热水壶去食堂帮他打开水呢。

“拉登”父亲死得早，母亲很早就给他定了亲，又给他成了亲。我们参加工作时，“拉登”已经当父亲了。男人这种雄性动物还真有点怪，岁数再大也不会懂事。可是，即便是个小孩儿，只要给他找个媳妇，他马上就会懂事起来。应该说，让男人懂事的是女人，可是让女人懂事的却不是男人。让女人懂事的是女人自己，再懂事的男人也无法让一个不懂事的女人懂事。

“拉登”懂事早，同他结婚早肯定有点关系。在我们刚参加工作那会儿，我们除了书本里学来的那点可怜的知识，什么也不懂。“拉登”却能讲很多我们在书本里看不到的东西，听了觉得很新奇。比如说“朋友”和“敌人”，“拉登”说“朋友”就是可以一起干“坏事”的人，而“敌人”，在他看来就是一起只能干“好事”的那种人。为什么这样说？“拉登”解释道：“朋友一起干‘坏事’了也不会被出卖，敌人就不同，一旦被抓住了把柄，他就会往死里整你。”“拉登”说的“敌人”其实是对手。我们听得目瞪口呆。再比如说“好事”和“坏事”，“拉登”说：“很简单，只要你干了人干的事情就是好事。反之，就是坏事。杀人、放火、偷盗、奸淫、欺诈……这些是人干的吗？不是。所以这些都是坏事。”我们就问他：“那你说的‘朋友’就是可以一起去杀人、放火的人啦？”“拉登”觉得自己的说法在某一点上出了点问题，辩解道：“我说的‘坏事’当然不是那种事。”“那是什么事啊？”我们问。“拉登”说：“这个暂时还不能告诉你们。”

我是在县里举办的物资交流会上见到“拉登”的母亲的。老人家穿着小凉山彝家妇女的服饰，头上是黑色的“罗锅帽”，黑色的对襟大袖衣，蓝黑相间的百褶裙，异常端庄。她的耳朵上挂着玛瑙、绿松石珠子串起来的耳坠，脖子上围着特制的饰品，正对下巴的是一块四方形的银制品，闪闪发亮，显得高贵。老人家给“拉登”背来了炒面，煮熟的香肠、鸡肉、鸡蛋，还有蜂蜜。这些美食让我们改善了好几天的生活。自那以后，我们每年都能见到“拉登”的母亲，吃到老人家带来的美食。老人家同我们混熟了，把我们都当成了自己的儿子。

后来，“拉登”搬了新家，把老婆也带来了，老母亲时不时也会在他那里住上一段时间。由于不习惯，老人家住的时间不会很长。只要他母亲在，我们酒醉了去“拉登”家，只会嘻嘻地笑，不会乱说话，更不会闹。他母亲看看这个，望望那个，问是不是酒醉了，我们说没有。他母亲就咕哝着叫“拉登”的妻子煮东西给我们吃。看我们狼吞虎咽地吃东西，她很满意，眯眼笑着。

有一次，我去“拉登”家，看见老人家正同“拉登”的儿子吵架。原来老人家把孙子牛仔裤上的几个破洞缝补了，孙子在埋怨她多事。老人家不知道那是年轻人为了赶时髦，故意撕破的。我和“拉登”知道后笑痛了肚子。老人家不解，不住地摇头，说：“怪了，怪了！过去是破了的衣服缝了又补地穿，现在是把好好的衣服撕破了穿，咋会这样呢？”

有一年“拉登”病了，身体里发现了个囊肿，医生认为是癌症，要他去省里治疗。单位领导征求“拉登”的意见，看派谁同他去合适。“拉登”说可能他这次去就再也回不来了，叫我去。领导给我说了“拉登”的意思，还不好意思地说：“攀枝花车祸住院的同事也是你去服务的，这次又要你去，辛苦你了。如果你不想去的话，可以派其他人去。”我说他们在病痛时想到我，说明心里有我，我高兴去的。走的时候，“拉登”的母亲拉着我的手，流了很多泪。看到老人家那么伤心，我的鼻子也是酸酸的。我安慰她说我会把“拉登”治好了领回来给她。还好，老天助我，让我没有食言。去了才知道是虚惊一场，囊肿是良性的，我也真的把“拉登”好好领回给老人家了。

“拉登”的老家在丽宁公路旁的一座山上，从他家门口可以看见谷底的公路和奔跑的车辆。老人家说，她没事的时候，经常坐在坡上看那些来来往往的车，想那些车里有没有自己儿子开的车，还想我会不会同他一路……这样想着，一天很快就过去了。我曾想把车停在公路旁，去山上看望一下老人家，但是最终还是没有去成。我真正去的时候，是老人家去世的时候。

老人家病重期间，我和“拉登”在外出差，“拉登”对是否回家有点犹豫。我对“拉登”说：“革命工作一辈子也干不完，大禹治水三过家门而不入，是因为在治水，非常时期，无论是谁都会这样，换我也会这样，也只能这样。可是，现在你没有什么要紧的事，不去会后悔的，去尽一下孝吧。”“拉登”含泪连夜走了。十多天后，老人家离开了人世。

“拉登”知道我和一些同事要来给老人家送葬，特意备了些马匹来公路旁接我们。我说：“我不能骑马去那里，你们要骑马的就骑吧，我要走路。”同事们见我不骑马，要去爬那么陡的坡，走那么远的路，很不解。但是，见我不骑，他们就不好意思骑马了，十多匹马又空着拉了回去……

在送葬的途中，我听说老人家在迷迷糊糊中曾不停地喊

"拉登"和我的名字，心里很难过。"拉登"的母亲是唯一会去掉我的姓，只喊我汉族名字的山里来的老人。虽然这样的称呼平时也听过，可是最初从老人家口里听到时，我还是有点想笑。多年后当我再次回味，却感到"拉登"的母亲对我这样称呼，同我母亲喊我乳名一样亲切。

现在，偶尔经过"拉登"家附近的公路时，我都会放慢车速，向山上"拉登"的老家望望，默默想起"拉登"的母亲。虽然除了季节更替带来房前屋后土地上作物的变化外，很难看到有什么人在那里忙碌，但是那幢老屋，我怎么看都像是个老人蹲在那里，痴痴地望着来往的车辆……

（原载于2009年第9期《青海湖》）

没有什么是想不通的

经过繁华的街市，进入城乡接合部，右侧出现一道大门。如果不是门楣上的警徽和几个大字，这道门与普通办公楼大门没什么两样。进得门来，是一段柏油路，路两旁绿草茵茵，隔几步一株杨柳，在风中婀娜摇曳。百来米后，左侧又现出一道大门，这道门是冷森森的铁门，门一关上，就有隔世的感觉，好像经过这道门将进入一个神秘的世界。这里的围墙比四周的围墙要高很多，还有铁丝网，明眼人一眼就看出这是座监狱。

是的，我今天同一位朋友来这座监狱探望我的二哥。

人生很多事是无法预料的。有时，幸福会像馅饼一样从天上掉下来；有时，飘来的一朵云，却会携来灾难的雨。我没想到“监狱”这个词，对我而言，不是书写在纸上，而是严严实实的一个存在。我的二哥就被它实实在在地囚禁着。

二哥虽然后来混了几个文凭，但其实没读过多少书，初中还没有毕业就回家了。在那个有点力气的人都在小凉山砍伐木材的年月，他凭自己的才干挖了“第一桶金”。在这个县城还没有多少楼房的时候，他就有了一幢四层的私人楼房。个体户出身的他后来进了一家企业，最后当了这家公司的老总。他通过自己的努力，使这家濒临破产的企业起死回生，公司每年的出口创汇达一百多万美元，他却在老总任上栽了跟头，进了监狱。我曾认真地看过法院的判决书，判决书上说他“拒绝供述”，这也成了对他进行严厉惩处的注脚。

人生在世，难免有错，而面对错误所表现出来的行为，不同的人终究是不一样的。我以为有些事做或不做，都是自己的主张，你认为不对的事你可以不做，三思而行。但是，既然“行”了，有什么“果”，应该自己吃，特别是苦果，就更应该自己吃，这是不容置疑的。

我同朋友办了手续，进了监狱的会见室。我俩在一张桌前坐下来，都没有说话，空气就这样凝固着。

一会儿，二哥在一位民警的引领下，走了进来。他穿着蓝白相间的囚服。我觉得囚服是最难看的服装了，即使穷到没衣服穿了，也没人愿意穿囚服的。

他同我那位朋友握了握手。朋友问他几年了，他当然知道是“蹲”了几年的意思，说“大四”毕业了。朋友又问他还有几年，他说还要读一两年“研究生”吧。

我们都忍不住笑起来。看到他这样，我也放下心来。一个人，在现实生活中最好不要害人害己，万不得已，就害自己吧，千万不能害别人。只要不害别人，自己苦一点，心灵会安的，即便成了囚犯，也能坦然地面对一切。

他转向我，问了下家里的情况。我告诉他孩子成绩不错，老人们身体健康，不用牵挂。我每次都是这样说的，这些话已成了惯用语。

我把他要的英语书给了他，同时抄给他一首叫《自由》的诗。诗云：

如果我是云就自由了
可是，风来了
我不知被吹到什么地方了

如果我是风就自由了
然而，风对我说
他也不是想哪里吹就哪里吹啊

于是，我想……
其实
只要想得通
想是最自由的

他认真地看了看，说：“写得那么好，谁写的？”我说：

"你弟弟鲁若迪基呗。"这首诗发表后，很多人认为还是有"嚼头"的。他向朋友要了笔，在标题右侧，写下了我的名字。我看那字还是歪歪扭扭的，和当年我替他写情书让他自己抄时差不多，便说："你的字还是那么差劲！"他头一歪，咧嘴一笑说："汉字写得不好，所以现在改学英语了，英文会写得好的。"还说将来要用英语翻译我的这首诗。我说我的部分诗作被译成外文了，译者是西风翻译社的一位教授，下一步还准备翻译出版我的一部诗集。不过，如果能看到他翻译我的作品，哪怕只有一首，哪怕不是很成功，我还是会高兴的。

他若有所思地点了点头。

我说有些事想开一点，天大的事，只要牙一咬就过去了。一切都会过去的，无论是开心的还是不开心的。他说他没有什么是想不开的。我问他在这里是不是有"疗养"的感觉。他说这种感觉倒是没有。

这个世界上的动物，最实际的就是人了。他们都想一些离自己很近的事情，即便远一点，也远不到哪里去。人的生命也就那么几十年，高寿一点也就百来岁。就这么一段时间来看，什么苦恼都会有。然而，当你把这段时间放置在历史长河中，百年也就眨眼的一瞬。既然是眨眼的一瞬，还有什么是提不起，还有什么是放不下的呢？

会见完毕，他被狱警领走了。他的背影消失后，我听到铁门沉重地响了一下。我同朋友默默地走出会见室。我看了看天空，非常的高远，柳树里不时传来几声鸟的鸣叫。我想，它的叫声二哥是听得见的吧？他听到的鸟鸣同我听到的鸟呜，会是一模一样的吗？

我就这样想着走出了大门，连头也没有回。我怕一回头，大门上那几个字，不小心刺痛我的心。

（原载于2010年第2期《边疆文学》）

一部填补空白的书

“宁蒗”是“永宁”和“蒗渠”的合称。在宁蒗彝族自治县成立之前，永宁和蒗渠都是土司的管辖地，这两个地方是摩梭人的主要聚居地，土司也都是摩梭人。

在西南少数民族中，摩梭人以其独特的“男不娶，女不嫁”的“阿注婚”而闻名于世。二十世纪二十年代，美籍奥地利学者洛克博士做客泸沽湖，让外界终于知道了这个神秘的“女儿国”。之后，有关摩梭人历史文化的研究文章不时见诸报端。可是，这些研究者大都把目光投向了美丽的泸沽湖，也就是说投向了永宁。云南大学出版社出版的《摩梭社会文化研究论文集》，汇集了 1960 年至 2005 年国内外有关摩梭社会文化研究的比较权威的论文。可是，就是在这样的一本集子里，人们根本看不到半点蒗渠摩梭人的影子。这突出地说明很少有人驻足在蒗渠这片土地上，对生活在这片土地上的摩梭人的文化进行研究。这是一个客观存在的事实，应该说也是一个遗憾。不过，随着杨建国先生《藏着的摩梭史》的问世，这种局面将一去不复返了。

事物都是从无到有，有了之后，才谈得上好与坏的。从无到有是个艰难的过程。《藏着的摩梭史》的出版也是一个如此艰难的过程：首先，这项工作过去没有人做过，没有什么可借鉴的东西；其次，作者杨建国先生没有上过多少学，却要做“学问”，其难度可想而知；再次，没有经费来源……可就是在这样的情况下，凭着对本民族的热爱，凭着对摩梭文化的一往情深，他克服各种困难，为广大热爱摩梭文化的人们献上了自己的心血之作——《藏着的摩梭史》。这无疑填补了蒗渠摩梭文化研究领域的一个空白，是非常值得祝贺的。

文化是一个民族存在的标志。《藏着的摩梭史》虽然只是一部有关蒗渠摩梭鲁古部落五千多人的历史文化的书，但是通过它，我们能打开尘封的岁月，看到蒗渠摩梭鲁古部落走过的路，看到他们在历史长河中创造的灿烂独特的文化。

文化是一个民族的灵魂。联合国发表的《2004 年人类发展报告：当今多样化世界中的文化自由》指出，要保护和尊敬文化自由，否定差别一定会引起冲突，文化的自由与差别是世界与民族存在之根本。联合国教科文组织在《墨西哥城文化政策宣言》《保护非物质文化遗产公约》等文件中指出：

每种文化代表一整套独特的不可替代的价值，有必要确定一种能够保护、促进和丰富协调民族的不同特性和文化遗产的文化政策，一种绝对尊重和充分鉴赏少数人文化及世界上其他文化的政策，忽视或破坏任何集团的文化都是整个人类的损失。

从某种程度上说，文化没有绝对的优劣之分，每一种文化都是各民族人民在长期的历史发展过程中积累下来的产物，都有其自身的优越性。正是文化的差异，构成了世界的丰富多彩，构成了人类文明之美。千篇一律，是谈不上美的。如果自然界只有一种植物或动物，那是极其可悲的。蒗渠摩梭人虽然不是很多，但它是个重要的族群部落，是整个摩梭人的重要组成部分。同样，蒗渠摩梭文化也是整个摩梭文化的重要组成部分，我们不能因为它的不显眼而忽略它的存在。

我们国家在文化的抢救、保护方面虽然做了很多工作，但是，应该承认与发达国家相比还有一定的差距。在翻阅杨建国先生的这部书时，我很感慨：这样一部具有填补空白意义的书竟是一位退休干部完成的，而且，所花的费用是从他微薄的退休工资中支出的！诚然，杨建国先生作为蒗渠摩梭人的一员，为抢救和保护濒临消失的蒗渠摩梭文化有义务做点力所能及的事，但是，我认为这更是这个社会应尽的责任。如果没有全社会、全民族的文化意识，仅靠几个有识之士来做这样的工作是令人心寒的。这是文化的悲哀，也是社会的痛。

我才疏学浅，虽然热爱摩梭文化，甚至娶了一个蒗渠摩梭姑娘为妻，可是对摩梭人深厚的历史文化研究不多，知之甚少。所以，当杨建国先生嘱我写篇序时，资质不足的我还是深感惶恐。但是我不能拒绝他，因为这是一个老人的行动之书，是爱的真诚奉献，是构建和谐社会的一曲美的赞歌！他强烈的民族自豪感，对待本民族文化的那种虔诚，都深深地感动了我，使我不揣冒昧，写下这些。

（原载于2010年第2期《边疆文学》）

胡宗南的存款

雨越下越大，没有停的意思。母亲不知去忙什么了，父亲和我坐在火塘边闲聊着。父亲说上半年干旱得要命，下半年可能要把上半年的雨一起下了。我附和着说老天有点这个意思呢。听着雨声，烤着火，我有点昏昏欲睡了。这时，屋外传来一阵跺脚的声音。我起身去看，在门槛上差点和一个人相撞，我急忙闪到一边。那人径直走进屋里，在父亲旁边的凳子上坐了下来。我这才看清来人是村里的余老板。

余老板这时看见我，跟我打了声招呼，问我什么时候回的家。我说昨天。他说现在阿海建水电站了，我从水电站过的话，从丽江回家两三个小时就到了。我说是的。我问他在忙啥，父亲接过话说："你家余'保爷'现在忙杀猪呢。""保爷"是本地人对外族比自己大一辈人的敬称。

好久没有见余老板了，他比过去苍老了许多，他的黑色毛呢中山装也皱巴巴的，显得很陈旧了。也许是淋了好长时间的雨，他的衣服湿透了，雨水不住地从裤脚滴下来。我问他要不要换一下衣服，他说不用。我去抱了一些柴添在火塘上。父亲给他倒了一碗酒，他喝了一口，问是自家烤的吗。父亲说是，他说好吃。

火塘的火开始旺起来，他的衣服开始冒热气，他向后挪了挪。他说今天真气死人了。父亲问他又发生了什么事。听父亲的口气，平时有什么事他都可能跑来同他讲似的。

他说也没有什么大事，就是气人。他看了我一下，说："你知道水草坝、后洞这些村子吧？"我点了点头。他接着说："我过去对这些村子的人多好，要多好有多好，这家缺粮我买粮给他们，那家缺耕牛我买耕牛给他们。可是今天我去他们那里买猪，我是又饿又渴，他们连一口水也没有给我喝。特别是后洞那个过去的林场会计，就那么大一头猪，最多管一千块钱吧，他要两千块钱。你说气不气人？真是气得人肚子都要炸了！我最后给会计说这头猪管五千块钱，我过一段时间再来买。"

听了他的话，我说："你可能还没有吃饭，煮点饭吃吧！"他说半路上在一户人家里吃过了，喝点酒就行了。看他不是客套，我也就打消了做饭的念头。我问他："真的再过一段时间要去买那头猪？"他说："咋个可能！我这不是气话嘛！"

生活的不可捉摸，人心的不可估测，使余老板感慨不已。

香港电台主持人梁继璋曾给自己儿子写了封信，其中写道：“对你不好的人，你不要太介怀。在你一生中，没有人有义务要对你好，除了我和你妈妈……你怎样对人，并不代表人家就会怎样对你，如果看不透这一点，你只会徒添不必要的烦恼。”在我们的常识里，你对别人好，别人也应该对你好才对。但是，现实有时是残酷的。这时，我的脑海里闪过里尔克的一句诗：“生活重于任何事物的重量。”我本想说点什么，又不知说什么好，只有沉默。

看着他因生气而暴突的青筋，看着他瘦削的脸、皱巴巴的衣服，一副落魄的样子，谁会想到这个杀猪匠曾是我们村的首富呢？

二十世纪八十年代，我们那里开始大规模伐木，这也造就了第一批富翁，余老板就是其中之一。他有多少钱没人知道，按果流人的说法，他的钱就像树叶子一样多。他曾计划把公路修到我们村，但遭到了村民的反对。原因是修路要占去很多耕地，还有村民认为路修好了后，斯布炯神山上的森林就会遭到破坏。虽然最终路没能修成，但个人要拿钱修一条公路到村里的壮举，却让余老板在当地名声大震。

余老板不是为富不仁的那种人，我们村的自来水是他引进每一家每一户的，村里很多人都得到过他的帮助，其他村子也如他说的一样，很多人得到过他的帮助。我们在县城读书的时候，在街上遇见他，他会请我们饱餐一顿，然后会给每个人一些零花钱。所以我们周末上街时，最希望遇见他，只要遇见他，就意味着我们可以吃上一顿好饭，会得一点钱。有时候我们会从山坡上的学校溜出来，在县城闲逛，想“巧遇”

上他。可是有时运气不是很好，在他可能会出现的地方转悠半天，我们也看不到他的半点影子，只得怅然回校。这个有钱人，这个果流的首富，这个让我们见了他就心花怒放的人，后来却把钱都花光了，在街上遇见他，说不定他反过来要我们请他吃碗米线什么的。变化之快，出乎我们的意料，连他自己也没能马上反应过来。其中的原委却关系到胡宗南的一笔巨额存款。

据说胡宗南在1935年4月24日9时46分在花旗银行存了5亿美元，因修泸州兰田坝机场取了1.7亿美元，还余3.3亿美元。而这张存折就在四川省简阳三星区三星乡民桥村八组杨跃金手里。我不知道余老板怎么卷进这个团伙的，反正他卷了进去。为了这笔巨款，他们专门住在北京，找中央军委、国务院、中国人民银行的领导。当然，他们谁也没有找到。我曾看到过他们写给有关部门的报告，报告中说3.3亿美元，除杨跃金留1亿美元外，剩余部分由如下亲友分配。在“如下亲友”中我看到了余老板的名字，还贴着他的相片，还按了手印。我数了一下，贴着相片的有5个人，除了余老板和上面提到的杨跃金，还有两个宁蒗人、一个四川省丹棱县仁美乡高河村二组叫彭忠贤的人。

果流的首富就在这起骗局中把本钱花光了，发财梦破灭了。起初，他在县城同一家亲戚合伙杀猪，后来又到乡下去了。我参加工作以后，他曾来找我借过几次钱，我力所能及地借给他了，而且叫他不用还了。几次之后，可能有点不好意思了，他就没有再来了。有次来找我却不是为了钱，而是为他儿子的工作，我托朋友帮他解决了。我的能力有限，给他点接济毕竟是有限的，起不了什么大作用。我曾给我弟弟和几个朋友说：“他是个好人，你们能帮的话帮一下他。”我弟弟说：“不是不帮，你不晓得他有时说话口气比空气还大呢。”我说：“他是见过世面，使过大钱的人，他可能还放不下大老板的架子，你就不要计较了。”有一次我弟弟给我说，他帮了一下余老板了。尽管如此，余老板还是没能翻起身来。他试着开了砖瓦厂，试着开了矿，还做了药材生意和其他的，但都没有成功。余老板似乎除了木材买卖，其他都不是很懂行。木材禁伐后，适合他做的好像也不多了，只得继续做杀猪的买卖。

世界之大，无奇不有，谁会想到赫赫有名的“西北王”胡宗南，在死后还会有人用他的名头来行骗呢？我们村的余老板，就因为这个根本不存在的胡宗南的存款，命运发生了转折——从富翁沦为一个杀猪匠。

余老板还在愤愤不平地同父亲讲着买猪的遭遇，我插话道：“如果当初不去找什么胡宗南的存款，你也就不至于此了。”

听到我讲胡宗南，他不好意思地低下了头。我说：“你知道胡宗南在1935年，也就是你们说的存钱那年，拦截围攻长征红军，在松潘差点被活捉吗？”他摇了摇头。我又说：“在那年月，整个国家的国内生产总值都没有5亿美元，他哪来那么多钱？”他说：“我哪里知道这些啊！我知道的话也就不会上当了。”我问他见过那张存款单吗，他说没有见过，因为那个骗子说只有中央发文件下来，他才交出单子，否则掉脑袋他也不交。余老板叹了口气说：“人啊，千万不能贪，贪起来人就会糊涂，人糊涂了就猪都不如了，什么蠢事都会做！”听得出来，这是他的肺腑之言。

他又喝了一碗酒，站起来说要走了。父亲说再喝点吧。他说再喝就醉了。他似乎就是跑来跟父亲说说话，发发牢骚的。说完了，他的气好像消了一些。我说等雨停了再走吧。他说不怕的，没事。这时雨还在下，只是比先前小了些。我说带把伞吧。他说只有几步路，不用了。他摇晃着出了门。他家离我家不远，我起来送了他一程。

送余老板回来，父亲问："刚才你们两个在讲什么胡忠南，他是个什么人啊，把余老板害得那么惨？"

听父亲这么问，我想他可能没有把事情弄清楚，还把"胡宗南"说成"胡忠南"，我一时语塞，根本想不起这个自誉"生于忧患，长于战争，成于艰苦，终于道义"的胡宗南是什么人了。我想不起他曾是周恩来总理说的蒋介石手下最有才干的指挥官；想不起他曾在 1947 年指挥进攻占领当时共产党的主要根据地延安；想不起他在 1950 年解放军逼近西昌机场时，悄悄飞逃台湾；想不起他到台湾后，因"受任最重，统军最多，莅事最久，贻误军国最巨"，险遭"监察院"弹劾；想不起他晚年深居简出，郁郁寡欢，66 岁就黯然离世。我真的想不起他是什么人了，好像他只是我们家隔壁的一个什么人似的。

其实，即便我能想得起来有关胡宗南的一些什么，在这个时候对父亲讲这些，又有什么意思呢？

哎，胡宗南！哎，余老板！

（原载于 2011 年第 7 期《青海湖》）

拉玛兴高、黑羊和我

拉玛兴高、黑羊和我被人誉为“光溜溜三杰”。“光溜溜”是地名，我们村的名字。这是个汉语的地名，估计是牛窝子村或长坪村人取的，他们总会恶作剧地取一些怪名，而且一叫就响。我不知道为何取这么个难听的名，可恶的是现在我们那一带十里八村的人还在这么叫。地图上我们的村名标着“龙洞坪”，可惜这个比“光溜溜”好听得多的名没有多少人知道。我的作品里，我们村庄的名字叫“果流”，这是普米语的名字，我疑心“光溜溜”是“果流”的讹传。新锐评论家李美皆在一篇评论我诗歌的文章里对“果流”这个名字赞不绝口，说很有诗意。我弟弟曾请我给他的客栈取名，我说就叫“次顶客栈”吧。次顶是他的名字。他说太俗了。听他说俗，我心里有点好笑：诗人的弟弟即使没有上过学，还“雅”着呐。于是我说叫“果留客栈”吧。我把“果流”改成了“果留”，虽一字之改，意义却大不一样了。我弟弟对这个名字很满意。说了这么多，意思不外乎——如果真要叫什么“光溜溜三杰”，还不如叫“果流三杰”好听一点，雅一点。当然，我曾在一篇文章里说过，什么“杰”不“杰”的是翠玉乡的人说的，当不得真，和“初唐四杰”“黄埔三杰”不能比。不过，作为那片土地的儿子，能为那片土地增光添彩，给那个古老村庄以新的命名，毕竟是无上光荣的事。

“三杰”中的拉玛兴高是我们村的第一个研究生。他初中毕业就参加工作了，进了县里的农机厂。农机厂是干什么的我不知道，条件好像不是很好，他们很多人住在一起。很多时候他们坐一辆大卡车去敲石头，所以我总觉得农机厂是敲石头，干体力活的地方。他们的待遇似乎也不是很好，拉玛兴高领的第一笔工资是27元，还特意跑到学校给我5元花。他领了好长时间的27元，我也乐得花了好几个5元。随着他工资的提高，给我花的钱也在增加。有时候突然中断了，我还纳闷：我的“工资”咋还不发下来呢？

拉玛兴高打得一手好篮球。他总是穿着写有“农机厂”的背心打篮球。白色的背心，红色的字，很醒目。他球技好，那时我还不知道NBA，不知道乔丹、科比、詹姆斯，只知道拉玛兴高、尹永斌、熊建举等这些宁蒗的“球星”。他们都是县篮球队的主力队员，只要他们打篮球，我都会去看。看拉玛兴高打篮球是一种享受。他运球就像球粘在手上一样，想怎样就怎样。他有时还让球在胯下来回自如地运，防守的人看得眼花缭乱，不知所措。看得我们总担心球弹起来会不会砸到他裤裆上。

拉玛兴高勤奋好学，我们高考的时候，这个没有上过高中的人还参加了高考。虽没有被录取，成绩却还比我们班好多同学要好。要考试那几天，他说番茄加白糖对脑子有好处，就买来很多番茄、白糖。我俩把番茄洗干净，用筷子穿几个洞，放进白糖后吮吸。我俩吃了不少番茄加白糖，脑子也不见得好使，有些题解答不了就是解答不了。我从来没有听说过番茄加白糖补脑，鬼才知道他是从哪里听来的。问他，他说他觉得应该是这样的。你看看，他这是想当然呢！

也许在农机厂石头敲多了，会不时敲出火花，这时他觉得该读点书了。之后，拉玛兴高走上了一段漫长的求学路，读中专、大专、本科、研究生——他成了我们村第一个研究生。他是带薪读书的，我猜想他的带薪读书时间说不定是中国最长的，有八九年的样子。当然这得益于当时县委、县政府领导对人才的厚爱。有几年，我们村的人问拉玛兴高在干什么，他说在读书，好几年过去了再问他，他说还在读书，而且没有半点的不好意思。于是村里人叹息说，拉玛兴高这把“斧子”只是不停地在磨刀石上“磨”，也不见得“砍”得什么“柴”，有啥意思呢！其实，他在“磨”的时候也在“砍”。在云南大学的时候，他的组织才能就得到了很好的锻炼。这个果流村人，当上了云南大学的学生会主席，还荣幸地当上了昆明市的人大代表，毕业后就留在昆明工作了。

这样，果流村有了第一个在昆明工作的人。后来，拉玛兴高领了个昆明女人回家，还背她过河，被村里人看见了，一时成为村里茶余饭后摆谈的“龙门阵”。村里人见了我还会说，今后不要找一个过河还要背的老婆啊！

拉玛兴高是学中文的，发表过文学作品，后来因公务繁忙，就没有写了。他工作勤奋踏实，为人真诚，赢得了同事的尊重，也得到了领导的赏识，还不到四十岁就当上了副厅级领导干部，成了我们村的“大领导”。领导是当大了，但是，作为果流村的一员，他也没有什么变化。我去他家的时候，还经常能看到果流村在昆明的打工仔，鞋子上还沾着泥巴，抽着烟，跷着二郎腿，在同他喝酒、聊天。看到这我就高兴，我给他说：“你老兄将来还会发展啊！”他不置可否。我笑着说：“我不是一般的人，我是那种有点感觉的人啊，不信的话咱俩打个赌。”他说：“不就是想喝酒吗？来！”说着给我倒了满满的一碗酒。我端起碗，和他碰了下，一仰脖就喝了下去，他也喝了下去。我俩就这样喝着、聊着，不知喝了多少碗。我在酒碗里看到了故乡，看到了童年的我们，我俩的头碰在了一起……

“三杰”中的黑羊是我们村的第一个大学生。那个年代能考上大学的不多，分数过不了录取线，你再有钱也上不了大学。所以当黑羊考上大学的时候，我们村着实轰动了一下，家家杀猪宰羊请他吃饭，末了还掏出皱巴巴的一点钱给他做路费。

黑羊还有两个弟弟在上学，两个弟弟后来也都考取了大学，因此黑羊家在我们村被誉为“大学生之家”。也许读书人多，家庭负担重，黑羊还在大学读书的时候，他家里就给他讨了个老婆。老婆娶来后，其实也没有帮上多大忙，不到一年人就红杏出墙，离掉了。非常凑巧的是，有一年寒假的时候，黑羊和我坐一辆运送木料的东风车回家。当车经过一个水库旁的村庄时，突然停了下来。那是冬天的早晨，太阳照在身上没有一点暖意，我俩在车厢里瑟瑟发抖。我问司机怎么不走了，他说要拉一些送亲的人。我向路下方望去，只见一群人正向车子走来，大部分是男人。当中有个穿着艳丽服饰的，可能是新娘子。随着那群人离车子越来越近，我发现那新娘子有点面熟，怎么看都有点像和黑羊离掉的老婆。我拐了一下黑羊说："你离掉的那个老婆来了，可能她又嫁到这个村庄了，我俩是不是去喝一下她的喜酒？"黑羊说不会是她吧。那群人最终来到了车下。新娘子还哭哭啼啼的，娘家送亲的人正在安慰她。有几个小伙子抓住车厢板上了车。我看到新娘子确实是黑羊离掉的老婆，黑羊也悄悄给我说是她。新娘子这时抬起头来，看到我俩吓了一大跳，尖叫了一声，转身就跑了。送亲的那群人吃惊地看着我们，其中有几个人认得我们，才明白是怎么回事。

有过一次失败的婚姻，黑羊找对象格外谨慎，不见兔子不撒鹰，看准了才行动。他在毕业实习期间看上了我的一位同事，洋洋洒洒写了一万多字的情书。要命的是，有一天在大街上，他要我帮他转交一下情书。当时，我的那位同事和她的妹妹还有几个同伴正在逛街，黑羊和我也在逛街，他站在一旁，非得让我在他的注视下把那封信送出去不可。我没有办法，硬着头皮走过去，把信递给我的同事。同事和她的同伴不解地望着我，看得我背脊发麻，我只得指了指站在远处的黑羊，说：“是他给你的信。”她们就齐刷刷地看了过去。黑羊很机械地露出牙齿笑了笑，远远地点了点头，招了招手。打那以后，我成了他俩的“交通员”。可是后来，我还是没有喝到他俩的喜酒——他俩分手了。小城成了黑羊的伤心之地。本来他已联系好单位，毕业了要回来工作的，就因为一段未了的爱情故事，他最终没有回来。

时间在不停地流逝，生活在不断地继续。几年后，黑羊终于有了幸福的家庭，他爱人是一位美丽的医生。黑羊在单位是分管办公室的处级领导干部，他左手批阅公文，右手写诗歌、小说和散文。他把自己写成了那种可以称之为“作家”的人，他是云南省作家协会会员。那一年我在《星星》诗刊上看到他的诗，确实让我吃了一惊。后来我在《民族文学》《边疆文学》和其他一些刊物上又看到了他那充满着浓郁民族特色的优秀诗作，这时我不吃惊了，因为我知道他有这个能力。我还在一些刊物上看到了他写得不错的小说。过去黑羊在家时是非常勤快的，现在做家务的都是他老婆，他老婆说要让黑羊有更充裕的时间去写传世之作。我相信有这样的老婆支持，黑羊肯定能写出传世之作。

说到我，我是我们村的第一个中专生。我后来虽然混了个大学文凭，但充其量也只能排在拉玛兴高和黑羊之后。我还混了研究生文凭，那也在拉玛兴高之后。可是，这中专生我是实实在在排在了第一，“宁做鸡头，不做凤尾”嘛。所以我可以自豪地说，我是我们村的第一个中专生。几年前，我去一所大学作讲座，开场白就说：“我之所以能来大学作讲座，就是因为我没有上过大学。”古人说“无知者无畏”。

什么意思呢？什么都不知道，所以什么都不怕……两个小时的讲座过后，我说：“中专生鲁若迪基尚且这么厉害，相信在座的各位大学生会比他更厉害！”逗得大学生们哄堂大笑，非常之开心。

我这人有点怪，我佩服的人都是和我从小一起长大的人。因为小时候我觉得他们都不怎么的，还经常尿裤子呢，嘿，随着一天天长大，他们变得越来越优秀，不得不让你心悦诚服。拉玛兴高和黑羊就是这样让我佩服的人。拉玛兴高的谦逊、真诚、智慧，黑羊的坦荡、朴实、勤奋，都在时时激励着我努力向上。

拉玛兴高和黑羊是彝族人，我们一起长大，亲如弟兄，这使我这个普米族人从小就明白：人与人的感情是超越民族的。随着自己阅历的增加，我进一步认识到：感情除了超越民族，还会超越地域和国界。

拉玛兴高、黑羊和我都是果流的孩子，我们生是果流人，死是果流小小的神仙，抑或不害人的小鬼。

（原载于2010年第9期《大理文化》）

善　缘

1991年我在《丽江报》* 副刊发表了诗作《我曾属于原始的苍茫》。这是我第一次在《丽江报》副刊发表作品。虽然在这之前的1988年，我就已开始发表作品，还获得过《云南日报》诗歌比赛奖，可是，当我在这一副刊的右下角看到这首不显眼的诗时，还是有点高兴。因为我在这首诗里写下了我要“把祖先的梦想，一一砌进现实”这样寄托自己理想的诗句。所以在我出版第一部诗集的时候，我用这首诗的标题作了书名。这部诗集在2002年获得了第七届全国少数民

* 《丽江报》于1998年12月18日更名为《丽江日报》。——编者

族文学创作骏马奖，这也是我在1997年获得第五届全国少数民族文学创作骏马奖后，第二次获该项大奖。

发表诗作《我曾属于原始的苍茫》后的近四年，这一报纸的副刊又陆续推出了我的一些散文、随笔、诗歌和小说。当时寄稿都是认真抄写在稿纸上，通过邮局寄出的，要很长时间，不像现在那么方便快捷，在网络上就可以投稿了，一个编辑也没有见过。我曾看着他们的名字，想象过杨其昌先生什么样，白浩先生什么样，赵晓梅女士什么样，终究一片茫然。可是，当我看到经过他们编辑的作品发表出来时，内心里对他们还是充满了感激。因为有的语句被他们适当改动了，有的错别字被改过来了。最让我记忆深刻的有《我曾属于原始的苍茫》一诗，“世纪的冰凌已解冻”一句是经过杨其昌先生修改了的。一次，白浩先生还通过查资料，把我一篇文章中写“法轮功”李洪志的“洪”，从写错的“红”改了过来。赵晓梅女士把《没有什么是想不通的》中的一句话改得更委婉了些。多年后的一天，张赛东总编辑还为一篇文章中可能涉及的敏感问题同我商榷，让我很感动。或许是敝帚自珍吧，我是一个不太喜欢别人改自己作品的人，可是对副刊编辑们认真负责的态度和良好的编辑水平还是心悦诚服的，觉得他们能锦上添花。那一时期在副刊发表的作品中，诗歌《春天》还被著名青年评论家马绍玺教授认为是我的代表作之一，与著名诗人吉狄马加的《追念》相提并论。

1995年2月起，我给自己定了个不成文的规定，只在省级和国家级刊物投稿和发表作品。这样做没有其他意思，只是想以此激励自己把作品写得更好。因为省级刊物和国家级刊物面对的稿件会更多，要求会更高。在这个不成文的目标要求下，我就再没有给地州级报刊投稿了，也再没有给《丽江报》副刊寄稿了。直到 2005 年上半年，情况才有了变化，算算有约十年的样子。其实，只要你认真写，对自己要求严一点，文章发在哪里不重要，重要的是有读者看。这是我后来才领悟的。虽说那十年里没有在该报副刊发表作品，但是，作为这一副刊培养起来的一名作者，副刊一直关注着我的成长，只要有我的消息，就及时予以报道。所以，我觉得自己不曾离开过副刊。

2005 年的一天，赵晓梅女士向我约稿，要我给《丽江日报》副刊写点东西。在她的再三催促下，我又寄稿了。2005 年 5 月 14 日，《丽江日报》副刊推出了我的随笔《关于 1958 年》。这样，我又开始在《丽江日报》副刊发表作品了。赵晓梅调离《丽江日报》副刊后，杨其昌先生同白浩先生时不时也催促我寄点稿子。他们三位最终促成了《一匹叫尼采的公马》《女儿国诞生的诗人》《我的上司胡全》《智叟宣科》等几十篇文章的发表。这些文章中的大部分后来又在《人民日报》《文艺报》《民族文学》《边疆文学》《云南日报》《青海湖》《文学界》《滇池》《春城晚报》《红岩》《中国民族报》等报刊发表，有的还被《散文选刊》转载，获得过“边疆文学奖”“云南日报文学奖”。从某种角度上看，我把这些文章的发表和获奖归功于《丽江日报》副刊的几位编辑，因为这些作品都是被他们“逼”出来的。而我发表在《丽江日报》副刊上，直接由该报副刊推荐参评的作品《六世达赖喇嘛的情怀》获得了 2005 年度云南省报纸副刊好作品一等奖；《朱文和〈云的南方〉》获得了2006年度云南省报纸副刊好作品一等奖、第23届云南新闻奖；《热爱洋芋的人们》获得了2008年度云南省报纸副刊好作品二等奖，并被推荐参评中国新闻奖。我曾获得为数不少的诗歌奖。散文获奖是近四五年的事，这是另外一个领域所获的奖，是对我创作的另一条路子的一种肯定，对我的鼓励应该说还是很大的，《丽江日报》副刊功不可没。值得一提的还有现在蜚声中国诗坛的“小凉山诗群”，这是云南继“昭通作家群”之后的又一文学品牌。这个群体的作品最初也是《丽江日报》副刊以“小凉山诗页”推出的，虽然当时所推的诗人和诗歌都不是很多，但开了先河，具有历史的意义。应该说《丽江日报》副刊的编辑们独具慧眼，在最初就发现了这个群体。

时光匆匆，转眼间《丽江日报》副刊创刊已二十年。实践证明，《丽江日报》副刊的二十年是弘扬丽江文化的二十年，是培养本土作者的二十年，更是宣传丽江走向世界的二十年。这二十年不简单！由于其定位较高，《丽江日报》副刊在国内的副刊中占有一席之地，在云南省的副刊中是比较出类拔萃的。正因为如此，高级记者、主掌《丽江日报》副刊部的杨其昌先生被丽江市委、市人民政府授予了“宣传文化突出贡献奖”，他获这个奖是当之无愧的，我们都为他喝彩。

作为一名作者，与报刊结缘，与编辑结缘，是一种善缘。我很珍惜这种缘分。愿这种善缘地久天长！

（原载于2009年9月5日《丽江日报》）

神秘的弯针

阿西同我翻过一道梁子后，我俩要去的彝家村子就展现在眼前了。我俩在一块石头上坐下来，掏出劣质的香烟抽着。阿西是彝族人，是马金子行政村的村长。该行政村是我们单位的扶贫挂钩点，居民都是彝族人。我们单位有个不成文的规定，凡是新参加工作的都要去挂钩点蹲点一段时间。轮到我的时候，正赶上要在农村进行农村社会主义思想教育。这样重大的工作任务对于一个刚参加工作没有多久的人来说，很难胜任。单位考虑到这一点，决定由一位领导带队。说是“队”，其实带的只有我一人。到了那里，领导生病了，说具体一点是拉肚子了，把眼睛都拉陷进去很深了，没法下乡。

与村干部一道走村串户的事，自然地落到了我的头上。

阿西每到一地都煞有介事地向他的村民介绍我，说我是县里来的干部，是普米族，但会讲流利的彝族话。他还说我同彝族的毕摩、苏尼一样，是很有学问的，还会写文章。他讲完后还叫他的村民们鼓掌欢迎，然后让我讲话。在人们的期待中，我开始用汉语讲话。我按程序讲着以往每一个工作队队员都在讲的话，可是发现效果并不好，村民们在会场里不停地讲话。阿西不得不一次次叫他们安静，让我把话讲完。开完会，阿西和我都很累。阿西无奈地说，山村里开会就是这样，没有办法。我说我知道，我就是地道的山村里来的，我小时候就经常参加这样的会。第一次会议后，我发现用汉语宣讲效果不好，因为很多村民听不懂汉语。我改用彝语后，效果就好了些，大声说话的基本上没有了，但窃窃私语的依然不少，有的甚至可能谈论我的一头长发。一次，一个村民竟对我说："你的头发那么长，下雨的时候淋不着脖子吧。"阿西在旁边骂道："你管好自己的庄稼，不要管人家的头发！"

眼前的这个村离行政村不是很远，村子不大，十多户人家。阿西指着一户屋顶上冒着烟子的人家对我说，那就是村长家。我看见有很多人在进进出出，心想可能是来开会的，没有在意。可是，过了一会儿，我看见一群人从村长家簇拥着、叫喊着向山上走去，他们走走停停，有的还端着盆什么的。我问阿西那些人在做什么，他摇了摇头说不知道。

抽完烟我俩继续前行，几声狗叫把我俩迎进村里。我问村民刚才那些人在做什么，他们支支吾吾，说没有做什么。我从他们的神态感觉到他们有什么在隐瞒着我们，而我俩要去村长家时，又被劝阻了。他们说村长快到了，叫我们坐到另外一户人家里等一下。这增添了我的疑惑。我想，没有什么事是不可能发生的，只是这个“事”是什么罢了。

村长五十开外，看上去很疲惫。他来了后战战兢兢的，不时看看我。阿西问了一下通知开会的情况，村长说村子不大，喊一声就来了。阿西问他是不是家里出了什么事，好像有很多人。他说没有什么大事，只是一点小事。阿西问是什么小事。村长又看了我一下。阿西看出村长似乎有所顾虑，向他简要地介绍了我，还特意加了一句说我是一个好人，有什么都可以说。村长又看了看我，确信我不像坏人后说，他们请了一个苏尼来找一根神秘的弯针。苏尼是彝族的占卦者。原来村长有个儿子，结婚一两年了，就是没有孩子，究其原因，是他儿子没有房事能力。苏尼占卦后说，是村长的儿媳用一根针对他儿子实施了神秘的法术。苏尼还说这根针原来是直的，被村长的儿媳扭曲后拴了点线，在村长的儿子身上比画几下藏起来了，他儿子从此就失去房事能力了。现在要让他好起来，就必须把那根弯针找到，把它捋直。这次来的是第七个寻找弯针的苏尼了。

我刚进村时的疑惑这下解开了。知道怎么回事后，我给阿西说：“马上召集村民开会，开完会我俩去看看。”他问去看是否妥当。我说没有什么不妥当的。于是，我俩很快召开了会议，会议结束后到了村长家里。

苏尼坐在村长家的火塘右侧。阿西和我进去后同他聊天。我说我的前辈就有大喇嘛，我们的喇嘛和你们的毕摩、苏尼差不多。听我这么说，他对我友好多了，讲了他们是怎么寻找弯针的。我说我想试一下。他看我真的想试，就叫其他人找来形如汉字“丫”的一根木杈。他叫我用手握住木杈，把木杈另一头指向他的面前。他从木盘里拿起一小块烧肉念了念，叫我吃掉，然后用手指在酒碗里蘸了一下，把酒弹在木杈上，开始念念有词。可是念了半天，我一点反应也没有。苏尼停下来，不断自言自语道：“怎么会这样呢？怎么会这样呢？”突然，他问我是不是吃过狗肉。我说我不吃狗肉的，不用说狗肉，就连牛蛙肉、蛇肉、驴肉等，很多我都不吃的。他说：“怪了，怪了，怎么会这样？”

看见我没有反应，阿西说他也试试。可是，试下来的结果是阿西同我一样没有反应。一些在屋里的人说，这些干部肯定吃狗肉了。我笑笑，没有同他们争辩。这时一个小伙子说他要试试。这一试不得了，只见小伙子全身剧烈地抖动，他手中的木杈一会儿向天，一会儿向地，牵引着他向外走去。我们都跟在他后面，只要木杈在什么地方摇晃得厉害，停留得久一点，其他人就蹲下来，在那里寻找。为了防止遗漏，甚至把泥土都撮进盆或篷布里，再仔细翻找。可是找了半天，什么也没有找到。

我想这样找下去，最终肯定是徒劳的，说不定村长的儿子本身就不行，找点借口罢了。我给阿西提建议，几个男的去问村长的儿子，几个女的去问村长的儿媳。阿西给其他几个人一说，他们都觉得很好，还说在这之前他们咋会没有想到这样做呢。

阿西和我把村长的儿子带到离人群远一点的一棵松树下，开始同他聊天。从他口里得知，为了找到那根神秘的弯针，家里花了不少钱，还杀了一头牛、二十多只羊。我对他说，不行就不行，这不用害羞的，找点药吃就行了。现在医学发达得很，他的这点病是小菜一碟。同他聊了好几个小时，直到后面跟他开了个玩笑，他才笑一下。我感觉到效果不错，继续说道："家里花了那么多代价，却什么也找不到，是不是你真的过去就没有行过？不要让家里再花冤枉钱好不好？"

听了我的话，他对我的怀疑有点生气，说："我是一个人，咋可能昧着良心做事呢？！"接下来，他讲了自己过去同妻子如何行的故事，最后叹了口气说："可是有一次我突然就不行了。我相信苏尼说的，肯定是她对我做了手脚的，不然我不会这样。"他对妻子对他实施了法术这件事确信不疑，而且感到很忧伤。

在阿西同我把村长的儿子带去问话的同时，几名妇女也把他妻子单独领去问话了。问下来的情况却大相径庭——她说他从来就没有行过。问她是否藏了一根弯针，她说她不懂这种法术，听都没有听说过，即便她会这种法术，咋可能会用在自己的丈夫——自己舅舅家儿子身上呢！她因人们对她产生这样的怀疑而气愤，也很伤心，还流了泪。

面对两个好像都很无辜的人，我们不知如何是好。大家觉得其中一个人是说了谎的，只是没法确定是谁。一些人还出馊主意说，干脆领村长的儿子去城里找个妓女试试得了。他们还把目光转向我，意思显而易见，是想叫我领他去城里做这件事。我慌了神，急忙说不能那样去做，不能那样去做。

我发现，稍不注意，自己会陷进这件说不清道不明的事里去，惹上不必要的麻烦，看看天色不早了，就提议阿西回行政村了。临行前，我俩把村长叫来，给了他一点钱，叫他不要再请苏尼找弯针了，领儿子去医院检查一下身体，看看病。我俩给村长嘱咐一番就走了……

我蹲点了一段时间就离开马金子村了，回单位后，又因为忙于一些琐事，渐渐把这件事忘记了。想起这件事已是两年以后，在县城遇见阿西的时候。一见阿西我就想起这件有趣的事。我问他弯针找到了没有。他说没有，他说村长的儿子离婚了，重新找个人结婚了，还生了个儿子。“那他前妻呢？”我问。他说她也重新嫁人了，也生了个儿子。我说：“真怪啊！”

（原载于2009年第4期《边疆文学》，被译为西班牙语在墨西哥出版）

父亲寻牛记

农家人的事，说大，也大不到哪里去，不过，鸡毛蒜皮的事倒是经常有的。有时“马事”不出，“牛事”还会出——这不，家里的耕牛又丢失了。父亲在斯布炯神山后的牧场找了几天，连一根牛毛也没有找到，最后踏上了寻牛的路。

父亲先到乡里。他一到街上就四处打听有没有杀牛卖的，有没有看到一头黄牯子牛被小贩运走。我有两个妹妹嫁到街上，她们也停下手里的活，帮忙找牛。但是，没有结果。虽然几天前有被杀卖了的牛，但那是头黑牛，显然不是父亲丢失的那头。父亲在乡里找不到牛，准备去县里找。两个妹妹就劝他不要去找了，说她俩凑点钱买头耕牛给他算了。听她们说得那么简单，父亲有点生气，说：“你们钱多了是不是？你们买一头一模一样的牛来给我看看？！”其实，也怪不得两个妹妹的。这年头，农村丢牛失马是经常的事，派出所管也管不过来，没有多少人家的牛马是失而复得的。她们觉得父亲没有必要去徒劳找寻。

父亲闷闷不乐地在那里住了一夜，第二天就搭便车去了县城。过去，上县城都是赶马去的，要么去驮运货物，要么去参加“骡马物资交流会”。那时，他的孩子们都还小，他想，将来如果孩子成器一点，能够有一个在县城就好了。使他宽慰的是，三个儿子现在都在这个县城了。虽然有一个没有念过什么书，最终也靠卖羊皮做点小本生意在这里落了脚。父亲觉得自己至少比他父亲强一点，他父亲不知道读书的好处，只会教他们赶马，而他知道要想让娃娃有出息，读书是一条出路。想到有三个儿子在这个县城，他多少有点成就感。虽然村里有儿女在昆明的、在丽江的也不少，但更多的是在村子里的。他觉得比上不足，比下有余，很不错了。这样一比就让他快乐了——当然，不快乐他就不比了，比出痛苦来，谁还比呢？

过去赶马要走一两天才到县城，现在一两个小时就到了。所以，他的马是比不上汽车了。比不上就不比了。不过，现在不是马的问题，而是牛的问题：他的牛去了哪里呢？他的牛还活着吗？

按照自己的想法，他还是去菜市场和活畜交易市场找。县里的菜市场、活畜交易市场有好几个，而且都很大，他转了大半天才转完。陪他在县城找牛的是小儿子，两个大儿子说比较忙——其实可能觉得根本没有必要找吧，“忙”不过是一个托词。这点，父亲心里是明白的，但他没有发火，他不是一个轻易发火的人。可是一旦发起火来，还是够让人受的。他现在用“火灰”把“火”遮盖着。

小儿子跟着父亲也是懒心无肠的，父亲就叫他不要跟着了。小儿子虽然对父亲客气了几句，但是早就不想跟着找牛了，他认为父亲太迂了。对此，父亲也是明白的。父亲在心里说，他确实是迂的，特别是在找牛这件事上。他想：说不定他的牛被盗牛贼藏在深山里，看看没有什么动静了，才偷运出来呢！说不定现在正经过县城，往外运呢！这么一想，他就坐立不安，跑到县城南口的公路旁——这条公路通向丽江、永胜、华坪、攀枝花等地。他蹲在路边，看着一辆辆车飞驰而过。看着拉牛的，他会突然站起来，挥手叫人停车。有的司机会停下来，让他看看；有的停下来明白咋回事后，会骂一句“神经病”；更多的则鸣着喇叭呼啸而过。气得父亲大骂：“这些路还是老子十四岁时候挖的呢！你现在跑在上面，还逞能个球！”这话倒不假。父亲十四岁就参加了永胜到宁蒗的挖路大军，是他们那个队里年龄最小的。那时的永胜不叫永胜，叫永北。挖路的大部分人后来都去当工人了，父亲却被打发回家了。他们给他买了一套蓝色卡其布衣服，他穿着那套蓝色卡其布衣服回到斯布炯神山下的果流，最终在那里娶妻生子，生活到现在。

在路边守望了两天，三个儿子也没有说服父亲，他去永胜找牛了。而且，去的前一晚，原先被“火灰”遮盖着的那点“火”也终于燃起来了。他说：“你们叫我不要去找牛了，这些话亏你们还说得出口！你们不想想，是谁给我犁的地，是谁给我干的活，是谁跟我朝夕相处？是牛！是我的这头牛，而不是你们！它是我的另一个‘儿子’，是另一个鲁若迪基，另一个次典，另一个长发，你们知不知道？！现在它丢失了，你们叫我不要去找，我咋个能做得到？你们用十个指头按在胸口上想想！”我和二弟都没有说话，只有小弟小声咕哝道：“叫你来县里你又不来，叫牛给你当‘儿子’还不是你自找的吗？”父亲最不高兴他在讲话时有人插嘴，即便是最有理也不行。他瞪了小弟一眼：“你说什么？”小弟低头不作声了。

宁蒗到永胜的路，一会儿一个弯，一个弯现出一片风景。几十年过去了，父亲当年挖的路，如今都铺上柏油了。如果不看看四周的山，父亲都认不出自己挖的路了。只有看见那些山和河流，他才能回到从前，回到那个火热的年代。他觉得当时挖路是那么的艰辛，每挖下去一锄，都要耗尽所有的力似的。特别是冬天，那些冻土比石头还硬。现在汽车油门一踩，轮子转几下就轻松过去了，父亲感慨不已。

父亲去永胜，其实是去永胜的期纳，他听说那里有个最大的活畜交易市场。他想，说不定在那里能找到他的牛。可是在那里找了十来天，依然没有找到他的牛。他甚至去看那些坡上放着的牛。在坡上，面对要落山的太阳，父亲流泪了，他对他的牛诉说道：“我的牛啊，我对不起你！你从放牧的山上跑回来，我就应该知道你可能有了某种不好的兆头了。可是，我一点也不知道啊！还给你喂了一些盐水，又把你送回牧场。没想到你从此后就失踪了。到今天，我已找你十多天了，可是，连你的一点影子也没有看到。明天我就回家了。

这么多年来，你给我犁地，帮我干活，我很感激你的。我想你老了，犁不动地了，就不让你犁了，好好喂你料，让你慢慢老死。我不会把你卖掉，让你变成牛肉罐头。很多年前，为了给娃娃上学，我曾卖过一条狗。想到那条狗被杀死吃掉了，我难过了好长时间。可是，那时候我没有办法啊，娃娃上学要用钱，我有啥办法呢？现在儿女们都长大了，日子比过去好多了。我没有必要卖你了，我想好好对你的。可是，你却不见了，叫我怎能不伤心啊！牛啊，我的牛！我真的对不起你！我会在经堂里为你念经，让你来世不再做牛，不被偷盗，不被宰杀……”

父亲去永胜寻牛后，我们都牵挂着他。想到作为儿女，为老人家所做的，有时候可能还不如他丢失的那头耕牛，我不觉潸然泪下。

父亲寻牛历时十四天，无功而返，花去人民币七十元，平均每天食宿及交通费五元。在这个吃一碗米线都要几元钱的今天，我无法想象他是怎么过的。我不知道他为什么对自己那么苛刻。或许他的找寻并非像我所叙述的一般意义的找寻，而是另外的一种救赎？

（原载于2009年第4期《边疆文学》）

悼沙蠡先生

纳西族作家沙蠡先生走了！我是在他去世后的第二天下午才知道的，晚上便赶了过去，得知他患了癌症。我曾同他通过一两次电话，希望去看一下他。他在电话中告诉我不要来，说见了我他会伤心。我知道得了癌症的人都会消瘦，最终只剩下一把皮包骨头。他是个自尊心极强的人，不希望别人看到他这副模样。我想，我去看他无非是安慰一下他，让他创造一下奇迹，让他高兴，增强一下他抵抗病魔的信心。如果做不到这一点，反而让他伤心，不去也罢。但是无论怎么说，我都有种心里亏欠的感觉。现在，得知他走了，永远地走了，一种悲凉由我的心头弥漫至周身。

我同沙蠡先生相识是十多年前的事了。那次，我到丽江出差时去拜访一位朋友。在朋友那间很大的房子里，见到一个中等个子，穿件夹克，头发微曲，上嘴皮有点疤痕的人，在几个人面前踱着步子，高声朗诵着：“当飞机飞到赤道上空的时候，我们的木戈里会消失吗？不！不会！……”那人旁若无人地朗诵着。我看到普米族学者胡文明先生也在座，就问他那人是谁，他说是沙蠡。当时，他在念他的一篇小说，那篇小说寄给一家刊物后被退回来了。他念了好长一段，停下来看着大家抱怨说：“你们看看，这样好的小说都被退稿了，像话吗？不像话！”这是我第一次见他，有点怪怪的感觉，但印象极深。

第二次见他是在一九九二年的滇西笔会上。那时他好像喜欢练一种什么功。我们见面只是点点头，没有过多交流什么。去云杉坪时，见他不时对着雪山啊，树啊，高举着双手，闭着眼，做着什么。我好奇，返回的路上问了一下他，他说是在“采气”。第一次那种“怪”的感觉就更强烈了。后来有人告诉我，说什么他是丽江几个“怪人”之一。晚上，在听宣科先生的纳西古乐时，宣科先生还说到沙蠡，说某次沙蠡叫他“宣老师”，他纠正道：“你说错了，你应该叫我宣先生。”宣科先生在讲的时候，我看见沙蠡抱着双手，微微点着头，在笑。

印象深的还有生特各各请吃饭的那次。生特各各早年是写小说的，写得很不错，沙蠡发表过不少他的小说。虽然他后来不写小说了，但在内心里对这位老师还是一直感激着。那次生特各各打电话给沙蠡，请他吃饭，说我也在。他应约而来，手里拿着塑料袋子，里面装着那段时间发表他作品的刊物。他给我们翻看那些作品，还拿出一张照片给我看。那是一幅字的摄影，他说那是地委书记段增庆写给他的，只见上面写着“功高玉龙雪，德比四大洋”。我很纳闷段书记为什么会给他这样的题词，尽管我没说什么，可是那个疑问一直在我心里存在着。几年前的一天，我向他说出了我的疑惑。他笑着说，那是他骗我的，那是段书记给丽江“2・3”大地震中的丽江人民的题词，我这才明白是怎么回事。他很开心地给我讲这件事的时候，我觉得他很像个小孩，还是蛮可爱的。

我与沙蠡相识时间不算短，因我长期在基层工作，加之脾气和性格原因，我俩交往不是很多，我对他谈不上有太多的了解。在为数不多的交往中，我觉得他是一个想什么就说什么，口无遮拦，个性鲜明的人，也是个争强好胜的人。作为现实生活中的人，这未必好，但是，作为一名作家，这种个性未必坏。他没有上过多少学，却通过自己的勤奋和努力，最终成为一名有成就的作家。他写的小说曾在《人民文学》《中国作家》《民族文学》这样的国家级刊物上发表。他写的诗，也曾在中央级的诗歌刊物《诗刊》上发表。他写的报告文学集还获得过全国少数民族文学创作骏马奖。此外，他还写了不少的散文、文学评论，还搜集整理了不少的民间故事，涉及的体裁之广、数量之众，是一般的作家难以企及的。作为市文联主席，他在任上也做了不少工作。他为丽江很多知名的文艺家开过作品研讨会。现在，继“昭通作家群”之后，云南的又一文学现象“小凉山诗群”的第一次研讨会就是他主持召开的，会议布标还是他在丽江制作好后带去的。他还主编了《丽江小说选》《丽江诗歌选》等多部文集，为培养本土作者，创办了《丽江》杂志。所有这些，在丽江文学事业发展过程中，是具有里程碑意义的。他的五十多部著作，连同主编的文集、创办的《丽江》，都会成为这片土地上宝贵的文化财富。作为一个少数民族作家，他的勤奋、敬业、对自己民族和故乡的热爱、对文学孜孜不倦的追求，都是难能可贵的，是值得我们学习的。《云南当代文学简史》中是这样写他的："沙蠡在写作中的多面，其实是与他生活中的兴趣庞杂一脉相承。但是他始终对丽江故土怀有很深的眷顾之情，他的书写，基本可以说是在为故土扬名、立传，因此，他的写作是有效而且有益的，是尤其受到故乡器重和尊敬的。"我以为这样的评价是恰当的。

人无完人，沙蠡不是一个完人，我不是，你也不是，我们都不是。完美的只有人创造出来的"神"。可是，"神"谁也没见过。虽然他死了，但他以他的作品证明着他的"活着"。这种"证明"，比生命存在本身，更能穿越时空，更能久远。

也是在同生特各各吃饭那天，沙蠡指着我们说："鲁若，你们几个都可以写我，骂我也行。"我在他生前没有专门写过他，仅在一篇《关于1958年》的散文里提过他一下。现在，终于写他了，没想到竟是这样一篇悼念文章！呜呼哀哉！

沙蠡先生，一路走好！

（原载于2009年第4期《边疆文学》）

热爱洋芋的人们

洋芋在城里是做菜用的。山里则不同，既当菜又当饭。

我的故乡属二半山区，产苞谷、小麦、蚕豆、苦荞，更多的是洋芋。童年的记忆里，很多时候，我们都是用洋芋充饥的。我们常常把煮熟的洋芋去掉皮，放在碗里挤碎，再倒进牛奶，搅和着吃。有客人来，我们才可以吃好一点，吃顿米饭之类的。那还是用五斤洋芋换一斤米换来的。那时我想：为什么生活那么苦啊？什么时候才可以天天吃米饭啊？殊不知有奶喝，已是很不错的日子了。反倒是现在，虽然可以天天吃米饭，却不一定天天都能喝牛奶了。奇怪的是，过去梦想着“天天吃就好了”的米饭，成了自己最不想吃的。只要有可能，我都尽量吃其他的。有时，我最乐意烧几个洋芋，打一碗酥油茶，再烧上几片猪膘肉，比吃什么山珍海味都过瘾。

也许是吃洋芋长大的原因吧，我对洋芋怀有深深的感情。在我的诗歌《一个彝家阿妈》《餐桌上的粮食》《洋芋故事》里，我都情不自禁地写到洋芋。甚至在我的爱情诗里，也有洋芋的影子。没有哪种粮食，能像洋芋一样进入我的诗歌世界，这不是一种偶然。我还在《群山之上的小凉山诗群》那篇略有诗歌宣言色彩的文章里，不无深意地写到洋芋。我说小凉山诗人的诗，不同于吃惯了大米的人的诗，也不同于嚼惯了馍的人的诗。小凉山诗人的诗有洋芋的味道，有荞粑粑的味道，有猪膘肉的味道。有怎样的生活就有怎样的诗歌啊，这应该是不争的事实。

我曾带一些脱毒洋芋种回老家，分给乡亲们种，在当年大获丰收。有的大得人都不敢吃，被供在神台上。乡亲们还把那种洋芋取名叫“鲁若洋芋”。我的诗作《洋芋故事》写的就是这件事。没想到诗发表后，还引起了几位评论家的关注。2007 年我参加全国青年作家创作会议时，《文学报》记者采访我时说，她最感兴趣的就是“鲁若洋芋”，这很出乎我的意料。

其实，对洋芋情有独钟的不止我一人，小凉山上，很多人都是把洋芋装在心里的。这些人中，除了靠洋芋过日子的老百姓，还有地方官员。李兴顺、吉宏龙佳主政宁蒗时，就开始重视洋芋生产了，因为他们知道二十多万人口的县份，大部分人是靠洋芋生活的。而杨忠义、沙万祥在任时，对洋芋生产的重视程度可以说达到了历史最高，他们逢会必讲洋芋，还专门开了全县洋芋生产大会。永宁坪乡的党委书记杨学华，就因为抓洋芋生产而让当地老百姓过上了富裕的生活，县里还在该乡开过几次现场会。他就是这样一位深得民心的好干部，可惜后来出差时出了车祸，因公殉职。诗人李黑还写了悼念他的诗，发表在《丽江日报》上。

我在宁蒗工作时，我们单位有个马铃薯实验中心，中心主任是被誉为“小凉山袁隆平”的李志鸿。沙万祥曾在会议上说：“我们要相信李志鸿，不要相信李洪志。”相信科学，反对迷信的道理，就这样被他诙谐地说了出来。更重要的是，李志鸿是栽培优良洋芋种的专家，可见洋芋在沙万祥心目中的地位。在他任县长时，尽管财政非常困难，但每年还拿出几十万元补贴脱毒洋芋种植，给老百姓以真正的实惠，很受老百姓爱戴和拥护。我曾叫实验中心种了些青刺果，准备用在农业综合项目上。沙万祥看到后对我说，他希望看到的是各种各样的洋芋，而不是青刺果。我知道他在批评我，就把青刺果处理了，没有再搞与洋芋无关的实验。

最让我感动的还有杨忠义的几个洋芋。有一天，我正在上班，时任县委书记的他打来一个电话，叫我去他办公室拿几个洋芋。拿啥子洋芋呢？我很纳闷。去了之后我才知道他出国到加拿大时，从那里带回来几个洋芋。我数了一下，有七个。他说叫马铃薯实验中心试种一下，说不定会很好。我很感动，感动于一个县委书记在出国时，心里还装着洋芋，装着他的人民。我把洋芋转交给实验中心的李志鸿主任，叫他想办法培育成功，结果却不理想，试种下来还没有我们本地的好。尽管如此，他的拳拳爱民之心，由此可见一斑。

据法新社消息，联合国在2007年10月18日正式宣布2008年为“国际马铃薯年”。这一活动是由设在罗马的联合国粮食及农业组织提议，被联合国大会在2005年采纳的。此举旨在“让人们更加意识到土豆在发展中国家作为粮食的重要性”。这里说的土豆，还有前面说到的马铃薯，都是洋芋。这点，即便不吃洋芋的人，也可能知道。

据说富含维生素C和钾的洋芋，能帮助人们降低患致命性营养不良的风险。尽管欧洲的洋芋消费量在减少，但过去四十年里，洋芋在发展中国家的消费量增长了一倍。在不到二十年的时间里，中国已经成为世界上最大的洋芋生产国，领先于欧洲和美国这些传统的洋芋生产和消费地区。据说现在全球每年生产三亿多吨洋芋。今后二十年中，世界人口将以每年约一亿的速度增长，其中百分之九十五都在发展中国家。不难看出，很多人将是用洋芋养活的。

今年是“国际马铃薯年”，我没有想到土了吧唧的洋芋会有这样的殊荣，更没有想到联合国里也有热爱洋芋的人。作为一名吃洋芋长大的孩子，写下这篇短文，算是对这个“年”的祝福。

（原载于2008年6月14日《丽江日报》，获2008年度云南省报纸副刊好作品二等奖）

曾经的一次陈述

1998 年一场大水后，国务院决定在长江中上游实行天然林禁伐的政策。云南宁蒗纸浆厂因原料来源彻底中断，只得宣告破产。这也是云南破产的四大纸厂（昌宁、双江、迪庆、宁蒗纸厂）之一。由于涉及资产数额较大，由丽江地区中级人民法院受理此案。时任县国资局局长的我被任命为破产清算组组长。县里为了把这项工作做好，还专门成立了个协调领导小组。

1999 年 5 月的一天，一行人从县城出发，到六十公里外的纸浆厂所在地——战河，开展工作。我的很多朋友想到我将去一个艰苦的地方，从事一项艰苦的工作，都挂念着我。

于坚先生在电话中嘱我“多保重”，说他每次经过战河，都见很多人站在十字路口的街上，似乎希望有什么事发生。因为没有发生，所以他们还站在那里。我说是啊，那些人现在还站在那里。不过，有一件事发生了——他们身边的一个企业要破产了，两根高大的烟囱不再冒烟了。他在电话那端大笑起来。

可是，不是每个电话都能让人舒心。一次，我去县城参加一个会议，接到办公室一个电话，说有人晚上来厂区偷东西，掉进污水处理池淹死了，死者家属把尸体抬到办公楼来了……再一次，来自八个乡镇上，总计千人的林农为了拖欠的木材款聚集到战河，阻拦已拍卖的设备启运。我怕协调领导小组的领导去后遭遇不测，劝他们等我去了解情况再说，随后便只身到了林农中间。面对这些生活还不富裕，辛辛苦苦把砍伐的木材卖给纸浆厂，却连那点微薄的砍工费都还没有拿到的林农，我深深理解他们的愤怒，我同情他们。但我除了说只要政府在，这些问题迟早都会得到解决，我也会尽力想办法、出主意之外，再也说不出半句硬话。七天了，在大家的共同努力下，这个问题得到了妥善解决。这七天里，我只在第一天喝了一瓶水，没有吃饭，奇怪的是没有饿的感觉……

在战河工作的那段经历是我一生的财富，它对我的意志和品格来说，都是一种磨砺。那段时间，我除与贫困山区的农民打交道外，还在法庭上与北京和其他地方来的企业领导、律师、法律顾问唇枪舌剑。一家安装公司的律师曾一口气问了我十二个问题，我对答如流。回答完最后一个问题，我有一种快感。在纸浆厂破产案最后一次债权人会议上，征得法官同意后，我在法庭上做了一次陈述。我是这么陈述的：

感谢大家给我这个最后陈述的机会。

首先，我谨代表云南宁蒗纸浆厂破产清算组，向前来参加这次债权人会议的各位债权人表示欢迎和敬意。说欢迎，因为我们是东道主，对远道而来的朋友表示欢迎，是起码的礼节；说敬意，因为债权人参加债权人会议，听取清算报告，讨论决定资产处置方案，讨论决定破产财产分配方案，是法律赋予债权人的权利，谁也剥夺不了的。债权人参加债权人会议就是履行自己的权利，是对自己人格的一种尊重。你们在尊重自己的同时，也尊重了我们。

这次债权人会议的议程有两项：一是讨论通过《云南宁蒗纸浆厂破产清算报告》；二是讨论通过《云南宁蒗纸浆厂破产财产分配方案》。

对清算报告，大家提出了一些修改意见，我认为这些意见是中肯的、合理的。会后，我们将进一步对报告进行补充完善，并根据《中华人民共和国企业破产法》的规定，报告丽江地区中级人民法院。

对《云南宁蒗纸浆厂破产财产分配方案》，经数次讨论表决，未能一致获得通过，我们清算组深表遗憾。云南宁蒗纸浆厂是宁蒗有史以来规模最大、技术最复杂的工业项目，在建设中，得到了国家、省、地、自治县的大力支持及帮助，也得到了各位债权人的大力支持及帮助。对这些支持和帮助，宁蒗人民是不会忘记的。现在，云南宁蒗纸浆厂原料来源彻底中断，生产成了无米之炊，在转产已不可能的情况下，只得依法实施破产。破产是件非常严酷的事情，本来大家手里都是几千万、几百万、几十万的钱，现在根据清算的结果，什么也不是了，什么也没有了，变成一张废纸了，这确实令人难以接受。然而，这是客观事实。清算组从五月份进驻以来，依法做了大量细致的工作，接管、清查、评估、审计、处置、分配。虽然这个分配方案的结果不是大家所希望的，然而，我们是按照法定程序合法进行分配的，是几个月努力工作的结果。现在，仅仅因为大家情感上不能接受这样的事实，而使情感战胜理智，未能让分配方案获得大多数债权人的通过，这确实让人遗憾。我们对自己所做的工作无怨无悔，但对方案未获得通过感到心痛。所以，在此，根据最高人民法院《关于贯彻执行〈中华人民共和国企业破产法（试行）〉若干问题的意见》第31条规定，我提请丽江地区中级人民法院，对《云南宁蒗纸浆厂破产财产分配方案》给予一个公正的裁决。

从昨天到今天，我一直接受各位债权人的质询，我不知道回答了多少个“为什么”，也不知道回答了多少个“试问”。在会议要结束的时候，我也想试问一下大家。试问大家：从昨天到今天，谁站在清算组的角度考虑过一下问题？本来清算组与纸浆厂是两个不同的法人，清算组是为各位债权人服务的，可是大家不问青红皂白，把很多气发在清算组上，这公平吗？也许大家在清算报告中看到的只是些普通的数字，然而谁知道这些数字背后隐藏着多少辛酸的泪水？清算组开展工作以来，我们保卫小组的同志，不分白天黑夜，认真负责地守护着近2亿元的资产，从接管到现在，没有丢失一件设备，这在破产企业中是不多见的；我们债权清收组的同志，在债权清收过程中，不知被多少人拒之门外，不知被多少人谩骂，然而，他们还是忍辱负重，积极对债权进行了清收；我们财务清查组的同志，为了搞准确一个数字，不知翻阅了多少凭证；我们实物清查组的同志，为了按时完成清查任务，手上都起了厚厚的茧；还有文秘组、后勤组的同志，都做了大量的工作……所有这一切，为了什么？

从清算组进驻到现在，我们有一位同志的妻子去世了，还有两位同志的父母去世了。当这些同志的妻子、父母病危的时候，他们是多么希望自己的丈夫、儿女在自己的身边。然而，他们没有。他们在什么地方？他们在战河，在搞清算工作。在这次债权清收中，中级人民法院强制执行了三家，其中，一家是中级人民法院小杨法官的亲戚，一家是我的亲戚。就在今天早晨，当我接受质询的时候，我们的冯副组长的老岳父就在宁蒗县医院动手术，而他不能前去照料……所有这一切，又为了什么？还不是为了大家！

不错，由于云南宁蒗纸浆厂破产，大家损失了不少，可是大家的损失是可以用价值计算的，而我们清算组付出的一切，是能用金钱衡量的吗？大家谁能计算出它值多少？好在我们的工作，得到了省、地、自治县各级领导和法院、自治县协调领导小组的肯定，李汉柏副省长听取清算工作汇报后，明确说“宁蒗纸浆厂破产清算工作，思路清晰，方法得当，工作卓有成效”，这多少使我们的心得到安慰，也使我不想再继续“试问”大家了。

我想，大家既然来到了丽江，会议结束后，希望到丽江各地走走看看。这里有很多世界级的旅游风景区，诸如玉龙雪山、虎跳峡、古城、泸沽湖等等。在游览了这些名胜风景后，也希望大家到让大家伤心的战河看看。或许到了那里，你会对“市场经济”“破产”之类的词语有个切身的认识，这会是一笔不小的财富。

各位债权人，云南宁蒗纸浆厂从破土动工至竣工验收，到宣告破产，老天都要下点雨。今天，当破产要终结的时候，万里无云，天气晴朗，这或许是个好兆头。说不定从此，我们的企业和在座的各位都会好起来。

陈述完毕，我平静地看了大家一眼。我看到我的同事们忍不住鼓起掌来，而他们眼里噙满了泪水。我曾听到过无数的掌声，那一次的掌声，我觉得不是巴掌拍响的，而是心拍响的。那一刻，我的灵魂不在掌声之上，而是紧贴着大地，紧贴着我的朋友和同事。

（原载于2009年第4期《边疆文学》）

一棵树的命运

故乡有种梨树，花开得早，果熟得早，农历六月火把节前后就可以吃。这种梨有个颇好听的名字——火把梨。

我家地边就有一棵火把梨树。那棵梨树什么时候嫁接，由谁人嫁接，我就不知道了。我懂事的时候，好像它就兀立在那里了。先前它是归集体的，农村包产到户，是谁家地边的果树就划归谁家，它就自然归我家了。想来已有好多年了。

一次回家，无意间向那块地投去一瞥，那棵梨树连根不见了。在它曾托起一片绿荫，抑或伸展落尽了叶片的枝丫的地方，土地已被翻犁过了。放眼四顾，流水依旧，木屋依旧，小路依旧。因了那棵梨树，我心里却有了一丝落寞。

好端端的一棵树，怎么就消失了呢？

那天，同母亲闲聊，她突然说村里的马某死了，问我是否记得那个人。母亲说的那个人，我是记得的，原来是我家邻居。那时村里还没有自来水，吃水要到离村较远的小河里去挑。他嫌挑水远，索性把家搬到离河不远的一个地方了。我在翠玉中学读书时，有一次他带孩子看病，需要住院。乡下医院住院要自带铺盖行李，他没有带，找我想办法。我把自己住校的被子和父亲用羊毛擀的垫毡裹成一团，抱去给他，自己与同学挤着睡。我还从食堂打了几次饭给他。那时的医院距学校不远，有路，但绕弯子，我便常常从田埂上走过去，那样比较近。可是有一次我没有走好，饭菜都摔到了田里。当时田里已栽了秧子，我身上全是泥。那时生活比较艰辛，我每天的生活费只有二角人民币，给他打饭还是向同学借的饭菜票，想想还是有点伤心。我咬了咬牙，重新回学校，再次打了饭送过去。他在看到我身上的泥巴时，背过身去，悄悄地抹泪。他说不知道这个孩子将来能否报答得了我的恩情。我说什么情不情的，只要他的病治好就可以了。

住了几天院他就走了。他说孩子的病有点好转了，回家休息休息就好了。我想他是没钱住院了，可是自己也想不出解决的办法，就没有吱声了。

那以后好长时间我都没有见到他。我再次见到他是在暑假。那天，我扛着父亲的枪去他家旁边的地里打斑鸠。那是块麦地，麦子已收割，一群斑鸠正在那里觅食。我瞄好一只斑鸠，扣动了扳机。火药枪的后坐力较大，我的肩由于没有顶住枪托，被狠狠撞了一下。枪声过后，我听到他大叫着出了门，原来射出的石子打在他家木楞房上了。我想这下完了，不知说什么好了，斑鸠没有打着，却惹祸了。可是当他看见是我时，“哦”了一声，就回屋去了。不一会儿又出来，说他收拾了一下家，请我去他家里坐坐。他还说刚才不知道是我，所以大吼大叫的，很不好意思。我说不好意思的是我，本来就不应该在房子周围打斑鸠的。我说到其他地块看看就走了。我走出好远，还看见他站在篱笆墙后看着我。

马某家有四兄弟，他排行老幺。他大哥在“文革”时挨批斗，批斗会第二天，他大哥在去打麦场的路上上吊死了。他二哥死得更早些。他二哥参加了土匪，在小凉山土匪叛乱那阵子，被民兵打死了。听说他二哥枪法特准，曾打死过豹子。我们村现在还有一张豹皮，就出自他二哥的手。四兄弟，“凶”死了两个，还是凄惨的。

母亲说他死了，而且是上吊死的，这使我很纳闷。我问是同别人吵架了，还是发生了其他什么事。母亲说都没有，他领着四五岁的小儿子在一户亲戚家喝了点酒，回去时还背着儿子，把儿子放家里后，人就不见了。人们四处找，后来在离他家不远的我家那棵火把梨树上找到了他。人们从树上解下他时，他早就断气了。

母亲哀叹说，村里人不知为什么，好几个上吊死了，不知是不是吊死鬼在作怪。我说不会的，肯定有什么事想不通了。我知道有多大的原因，就会有多大的结果，原因不可能大于结果而存在。可是，现在的结果是“他上吊死了”，然而，能让他上吊死的原因是什么呢？这成了个谜。这个结果似乎比原因大多了。确如母亲所说，村里人上吊死了好几个了，有的年纪还很轻。我们村有三户普米族，其余是其他民族，大家和睦地居住在一起。我们三户普米族，自我记事以来，已有五人离世了，但都是寿终正寝的。在普米族的世界里，非正常死亡的人，祖先是不接纳的，骨灰也不能与祖先的放在一起。所以，普米族人很少有人去上吊啊，喝“敌敌畏”之类的。许多民族其实也是忌讳这种死法的，只是不知道我们村里那样死去的人，为什么会选择那种死法。汉民族虽然有“人生自古谁无死，留取丹心照汗青”的诗句，但也有“好死不如赖活”的说法。按他们的说法，好像只要活着，即便是艰辛地活着，也比死强。可是，我们还不能说他们的这种态度，不是一种积极的态度。想想也是，死了就意味着“结束”，活着却蕴含着“开始”。

生和死是永远困扰着人们的问题。我们无法选择生，却可以选择死。可是，怎样死又是个问题。

村民们认为只要把那棵火把梨树连根拔掉，就不会再有人上吊死了，于是先把树砍了，后来又在根部放了炸药，把它炸掉了。

真的会如他们所想的那样吗？

如果真是那样，那棵火把梨树的消失是不足为憾的了。有什么可遗憾的呢？

（原载于2010年第9期《大理文化》）

又是哪个白痴在说话

我在看一张发黄的报纸，这是 1994 年 2 月 10 日的《丽江报》。当时还不是日报。这张报纸的第一版登着“华坪县工业总产值超过一点七亿元”“丽江重点工程静悄悄走快步”云云；第二版登着“战河纸厂工程投资过半”的讯息；第三版登着华坪县邮电局“关于刘远光同志反映女儿刘萍入学通知书被永兴邮电所积压的调查情况”，不一而足；第四版是文学作品，登着五六个人的作品；最末端，发着巴掌大的一篇题为《相信自己》的短文。文章不长，全文如下：

从我知道那一本本的厚书，是被称作“作家”的人写的后，我就梦想着加入他们的行列，并且成为其中优秀的一员。

有人热心于金钱，有人醉心于权力，这些都无可指摘。在商品经济大潮中，“金钱不是万能的，但没有钱是万万不能的”。王朔借笔下人物说出的话，对一些人而言不一定中听，但实在。只要取之有道，多一点钱又有何妨？至于权力，只要不以权谋私，多一点权力就多一份责任，多一份果断。权力是最能让思想付诸实践的载体，权力大一点又有什么不可？不过，钱也罢，权也罢，在人的追求中，毕竟只能算较低层次的追求。高层次的追求当属精神世界的追求。作家所从事的便是这种崇高而神圣的工作。

当然，我说的“作家”，并非那些迎合某种时尚的、急功近利的写家，更不是今天一篇“人咬狗”，明天一篇“鼠吃猫”，就想标榜作家美誉的混混儿，而是具有高度思想准备和文化准备的思想文化人。我还不是作家。尽管先后在省内外报刊发表过文章，也曾获过奖，诗文也被收录入几种集子，但充其量也只能算个一般的业余作者。然而，我相信自己能成为作家，并且是优秀的作家。这不是盲目的狂妄，而是清醒之后的预言。谁曾认真而细致地注视过我们脚下的土地？这是片五谷都长而不丰的土地啊！这是片从多种社会制度一步跨入新制度的土地啊！这样的土地全国有多少？恐怕没有多少。这种“稀”难道就不能培养出一个大作家？

我绝不相信！

看完这篇短文，我想：这是哪个白痴在说话啊？纯粹是地方上的小文人说的话嘛！好像这片土地是会出个大作家，而这个大作家非他莫属似的。

不过细看这篇稚嫩的短文，从这个文学青年的梦语，我们能感受到一种燃烧的激情，一种“舍我其谁”的气魄，大度的人是不会计较的。对于一个年轻人，在他什么错都可能犯的时候，胡言乱语几句，我们姑妄听之，没有必要去较真。

我看到这个人又在1997年12月1日的《人民日报》(海外版)第七版说话了。他挺直鼻梁，扬着头，目光傲视群雄(有刊载的相片为证)。他大言不惭地说“文学创作毕竟有它属于个人活动的一面，人口多少不应与作品的质量高低成正比”云云。言下之意就是他这个民族不一定出其他什么“家”，但是会出大作家。在《人民日报》这样面向全国、面向世界的刊物上，发出这样的声音，还是有点牛的。

在2005年11期《边疆文学》的《新世纪力作》栏内，这个人发表了一组散文和诗，其中一首题为《自白》的诗是这样写的：

我要像山一样
站起来
我要像河一样
淌尽自己
我要成为时间的粮食
喂养历史
我要让一个古老的民族
重新出土

注意！在这首诗里，虽然我们没有看到“大作家”一词，但是，他想“成为时间的粮食，喂养历史”。他分明不但要当大作家，而且还想成为历史人物呢！这是痴人说梦嘛！谁都知道历史是人民群众创造的。他想说“历史是人民群众中那么一部分优秀人物创造的”，这我们怎么能答应？他这是个人英雄主义嘛！虽然他把自己看作人民群众的一分子，但是这种思想是必须纠正的。我们永远不承认是人民群众中的一部分创造了历史，我们说是全部，一个也不能少！你看他哑了吧？对！就让他住口！

他住口了，我就说几句吧！

平心而论，事物都在变化，就如我看着的这张发黄的报纸上的事。到现在，华坪工业总产值早已是一点七亿元的几倍，甚至几十倍了；丽江的重点工程也不再“静悄悄”地“走”了，而是大模大样地“走”着，而且还有点酷；投资过半的战河纸厂资产最后达到了两个亿，却在1999年5月宣布破产了，有意思的是，我还是这个破产清算组的组长。那个刘萍同学说不定早已成家立业了吧？所有这一切都在变，而不变的可能还是《相信自己》的作者对梦想的追求。我想，正因为十多年不变的追求，使得他最终成为连续举办了三届的“华语传媒文学大奖年度诗人奖”中，唯一获得提名奖的少数民族诗人吧！评语最后有那么一句话：“可以说，2004年，某某的出现是诗歌界一个意味深长的事件。”一个人能制造诗歌界的“事件”，在泱泱诗国，确实意味深长。我以为做到这一点还是不容易的，对此，我也对他献上我的敬意。

在这篇文章中，我根本不想提及他的名字。所以，在他的名字不得不出现的地方，我用某某作了替代，让他少一次出名的机会。对他我是又爱又恨。细心的读者看了这篇文章，说不定会去翻那些报刊，最终还是会知道他是谁。为了不让他们白白浪费时间，我就把他不值一提的名字说了吧。不过，为了准确无误，让我再核对一下。经过核对，《相信自己》《自白》的作者，还有在《人民日报》（海外版）说话的那厮，都署着“鲁若迪基”的名字。这使我也吓了一跳！

我说鲁若迪基啊鲁若迪基，你这个白痴！三十老几的人了，还不懂事，还不会说话！你怎么那么自信？你自信得我都不知道说你什么好了。这下你得意了吧？我可完蛋啦！我不知道我的自信哪里去了，我连与你对话的勇气都没有了。

嘻！你还在笑？我笔下对你够客气的了。换阿卓务林、曹翔、西希、李永天、李黑、任尚荣、吉春他们，看他们“武装”好的笔，将以怎样的火力打击你！

你不信？那走着瞧……

（原载于2005年11月26日《丽江日报》）

一点秘密

我最初写诗只是为了让我们班上最漂亮的女生看我几眼。当然，最好是让她爱上我。在那个物质比较匮乏的年代，高中生的我身高已有一米八了，体重却只有六十来公斤，可谓瘦得只剩下了精神。人瘦黑不说，穿着也不得体。可是，青春期的种子不因为这样那样的不足而不萌动在我心。我开始为漂亮女生写诗，每天写很多很多的诗。我希望有一天她能看到我的诗——被我的诗打动——然后爱上我。这是多么浪漫的事情！遗憾的是，最终漂亮女生看也没看我一眼，而我也发现除了在我们班上之外，她也不是一个“秀色可餐”的女人。由此我明白了：想用诗来博取一个女人的青睐是幼稚的、轻薄的、不足取的。

不过，从此我与诗结缘，诗成了我生命中重要的一部分。

后来我写诗，是为了让人们知道华西民族走廊上有那么一个古老而神秘的民族——普米族。这个人口只有三万多人的民族，同中国其他少数民族一样勤劳善良、正直向上。可是，很多人不知道有这么个民族，更不知道她的文化。我希望用我的诗歌，搭起人们认识这个民族的桥梁。

现在我还在写诗，除了证明“我诗故我在”之外，我想让人们知道中国有那么一个诗人。我希望在我的诗上贴上“中国”的标签。我认为繁荣富强的中国，应该同唐朝一样，有很多优秀的诗人高歌低吟，而我正是行吟在滇西北高原的那一个。

从为一个女人，为一个民族，直到为一个国家写诗，我的梦想就是这样简单而高远，“路漫漫其修远兮，吾将上下而求索”！

我的诗曾被翻译成英文，在美国、澳大利亚、英国的刊物发表。然而这样相对集中地翻译出版，还是第一次。缘由是曾在中国三个驻外使馆当过翻译官的云南大学外语系前系主任杨志达教授认为我的诗不错，有“翻译的必要”。权威人士认为“必要”了，你就“办法不多”甚至“没有办法”了。更何况，对这样的美意，我一点也不想拒绝。

对于翻译，我是门外汉，不过有过一次经历。2004年春，我参加了昆明举行的“云南诗歌之夜”诗歌朗诵会。我郑重地将自己的诗歌译成普米语。在我用普米语朗诵完自己的诗作后，两位女主持人都朗诵了我的诗——中国女主持人用汉语朗诵，瑞典女主持人则用英语进行了朗诵。在我听到一首诗的三种语言表述时，我被深深地感动了。在朗诵之前，我还讲了几句话。我说："在这个世上，有一种人，他可以打开地狱的门，同时按响天堂的门铃；他用一只耳朵聆听着天堂的歌声，用另一只耳朵谛听着来自地狱的呼喊。这样的人，在一个国家只要有十个，这个国家就充满希望。没想到在中国昆明还有那么多这样的人。这使我对这个国家充满希望，对这个城市充满希望，对我这个民族充满希望。这是中国普米族诗人第一次向世界发出这样的声音……"

有一次，我见到丽江市方志办主任，纳西族作家杨树高先生，他说在那次朗诵会上，我左边搂着一个中国女主持人，右边抱着一个瑞典女主持人，好多人都眼馋了。我最大的毛病是总是忘记那些美好的事情，我全然不记得有过这样的美事。我疑心，这样的好事会发生在我身上吗？我只记得我将诗翻译成普米语，在如何翻译"悲壮"时，我还想了半天。那次只是翻译一首诗，都让我感到了翻译的艰难，然而七十多岁的老教授却乐此不疲。当然，其中的艰辛是不言而喻的，这让我很感动。

如果外国的读者看了我的英文诗，觉得不怎么样，我不简单地认为"诗就是在翻译中失去的东西"；如果觉得不错，那是应该的；如果觉得这个世界上还有那么好的诗，那也没什么了不起的，更好的还在后面。

现在我就隐约地听到不错的声音了，还有叫好的声音，趁我还没分辨清楚真假之前就此打住，且道声：杨教授，谢谢您！

（原载于2010年第9期《大理文化》）

灵魂深处的歌

《放飞》是和克纯君的第二部诗集。之前，他出版过诗集《与世界的对话》，还出版过教育理论专著《教育的艺术》，颇受好评。

我是个有英雄梦想和情结的人，我向来对那些通过自己的努力，为这个社会的文明进步而不懈奋斗的人充满着敬意。在我的心目中，和克纯君就是这样的人。他是一位地道的教育家。他从民办学校教师做起，先为小学教师，后为中学教师，最后当上了丽江的最高学府——丽江师范高等专科学校的教授、副校长。在教育战线上挥洒了三十多年的心血和汗水，至今仍在讲坛上耕耘。从民办学校教师变为高校的副校长，在丽江这片土地上，过去似乎没有过，将来就更不会有了。因为民办学校教师作为特殊历史时期的产物，同赤脚医生一样，随着社会的发展，早已退出历史舞台，消隐在幕后了。因而，作为那个年代特殊的一分子，和克纯君用自己的勤奋和努力，在这片土地上，从那个特殊的群体中脱颖而出，成为了一尊雕塑。

在一个冬天，当我在火塘边捧读着《放飞》时，锅里翻滚的牦牛排骨正冒着扑鼻的香气，我被一种巨大的幸福感包围着。我的一位朋友曾说，我的幸福指数总是那么低，随便一个微笑都能让我激动半年，随便一个洋芋也吃得那么有滋有味。确实如此，我是个容易感到幸福的人。这样说来，我的幸福指数倒并非如她所说的那么低，而应该是很高的了。那天我确实感觉到了幸福。我觉得在冬天的火塘边读一本有情感、有思想的诗集是一种幸福，何况还有一锅香喷喷的牦牛排骨!

知人论世。在我的理解里，人和作品是不可分割的。我们的阅读经历告诉我们，那些感动我们的文字，都与作者的经历和作者对这个世界的独特感悟息息相关。《放飞》就是这样一部有着诗人生活足迹，凝聚着诗人独特感悟的诗集。无论是诗人对爱情的大胆吟唱、对古典诗词的可贵探索，还是对生活的理性思考和表达，都给我留下了深刻的印象。

爱情——说好听一点，是文学永恒的主题，说难听一点，就是个被写滥了的题材。写爱情诗就像小公鸡开叫一样，只要是诗人，没有人不“叫”一声的。和克纯君歌唱爱情，大胆而真挚：“我听见我的心在说 / 永远 / 那是一颗心给另一颗心的／馈赠／我的爱，我的恋人/所有的辉煌和苦难/只是为了与你同行。”没有华丽的辞藻，只是些朴素的语言，可是，为什么能让我们怦然心动？不外乎是真情的自然流露。庄子云：“真者，精诚之至也。不精不诚，不能动人。故强哭者，虽悲不哀；强怒者，虽严不威；强亲者，虽笑不和。”真诚是一首诗存在的前提。一句“我的爱，我的恋人／所有的辉煌和苦难/只是为了与你同行”，表达了诗人对爱的执着和坚定。将“辉煌”和“苦难”写在同一句诗里，增添了诗的思辨性，耐人寻味。在《魔术师》一诗里，诗人写道：“不知道为什么/只要听不到你的声音/仅一天/我就无精打采/不知道为什么/只要见不到你的眼睛/才一天/我就神魂颠倒/小小的你/施着什么魔法/整个世界/除了你/谁也无法让我/心动。”这样的诗犹如一颗石子投进平静的心湖，能掀起层层涟漪，让你的心不能平静。将恋人比作魔术师，生动贴切。在《不再想你》一诗里，诗人写道：“为了不再想你/多少回把自己紧锁房内/还拉紧窗帘/不让风儿侵扰/不给月光干预。”其实，“窗帘”“风儿”“月光”都是最容易让人浮想联翩的意象。说是“不再想你”，其实在诗人精心营造的氛围里，变得越发地“想你”。这种写法，看似平易，其实是很高妙的。他其他的爱情诗，诸如《神矢》《等你在雨中》，在我看来都是不错的篇章。

《放飞》中有一辑是古典诗词。中国新诗的历史不过百年，而古典诗词却有上千年的历史。若没有古典诗词，中国文学将会怎样？我们无法想象，也不敢想象。然而，对于古典诗词，现在除了少数人外，很少有人潜心钻研了。和克纯君较为难得的是对古典诗词情有独钟，还做了有益的探索。我想，这多少得益于他的民族——纳西族。纳西族同白族一样，在云南的少数民族中是一个善诗、书、画的民族。他们很早就接受了中原文化，汉文化水平比较高。就纳西族而言，诗方面有“木氏土司诗人群”，画方面有周霖，书方面有李群杰。和克纯君作为纳西族的知识分子，自然继承了这种优良的传统，传统的力量是无穷的。他爱新诗，也恋古典诗词，不喜新厌旧。他的古典诗词同他的现代诗一样，也是真情的自然流露。“历经冰霜无限苦，乍知人间行路长。名利本是天边云，何必捻须愁断肠？”（《感悟》）诗如金沙江在石鼓转了个弯，在虎跳峡激起千层巨浪，让你震撼。我以为“名利本是天边云，何必捻须愁断肠？”是可以作为名句流传的。和克纯君另一首题为《垂钓》的诗云：“一道彩虹挂半山，身披夕阳坐江岸。和风细雨柳丝斜，平淡人生得来难。”让我禁不住想起唐代文学家、哲学家和政治家柳宗元的“千山鸟飞绝，万径人踪灭。孤舟蓑笠翁，独钓寒江雪”。柳宗元的这首《江雪》其实也是写垂钓的，古今两首写垂钓的诗应该说各有千秋。从和克纯君的两首古典诗中，我们不难看出诗人淡泊名利、甘愿平淡的超凡脱俗的境界，也不难看出诗人在古典诗词上的造诣。

《放飞》里还有不少的哲理诗。说到哲理诗，最容易让人想起苏轼的《题西林壁》：“横看成岭侧成峰，远近高低各不同。不识庐山真面目，只缘身在此山中。”好的哲理诗应该能够上升到哲学层面的思考。和克纯君的哲理诗也有自己独到的一面，那就是从我们身边细微和熟悉的事物出发，寻求一种哲理，引发我们思考。如《陀螺》：“你的能耐/顶多转几个圈而已/多转与少转/也由不得你做主。”陀螺是我们小时候常玩的东西，诗人却从这普通的玩具里，生发出对某些命运的思索。诗中传递出的不可捉摸和无奈，使我们对某些事物有了新的思考和认识，而这种认识对我们固有的认知可能是另外一种解读。我以为好的哲理诗，应该能给读者提供多角度的思维空间，给人以启迪。这首诗应该说达到了这个效果。又如《也有意外》：“有时我们的工作/像鲜花一样/艳丽夺目/但结不出果实/有时我们的工作/像土坯一样/朴实无华/但硕果累累。”这样的诗对我们的生活是有警示作用的。

在我把《放飞》读完的时候，我的眼前有无数的鸟儿在飞翔着，我知道那是和克纯君精心放飞的诗的鸟儿，是灵魂深处的歌。在这美妙的歌声里，我的那一锅牦牛排骨也可以做美餐了。大家知道，人饿了是要吃东西的，可是，你饿的时候仅仅知道这个道理是不够的，要真正解决饿的问题，还必须把东西吃下去。人饿了都会去找东西吃，可是，当一个人精神空虚的时候，为什么不会去找一本像《放飞》这样的诗集来读呢?

这世界，说怪，还真有点怪。

（原载于2008年《民族文学》增刊）

大理絮语

第一次听说大理的时候，我还不会写“大理”这两个字。那时候村里来了个小炉匠，他说他是大理的。他补锅，补茶壶，补铁桶，既收钱，也收粮食。那是个什么都需要修补的年代，每家都能拿出几个破锅烂桶来。伴随着小炉匠的风箱、不断四溅的火星、小铁锤的锻打声，“大理”深深地留在我的记忆里了。

第二次听说大理的时候，我还是没有到过大理。那时候我在读小学五年级，我有位老师是大理的，姓杨，我们都叫他杨老师。他课讲得好，讲课的时候课堂很安静，夏天的时候还会让我们在课堂上小睡一会儿。他是所有老师中最简朴的，穿着打补丁的衣服。他有三个孩子，一个男孩，两个女孩，都在他身边读书。三个孩子中，大女儿和男孩子与我是同学，另一个女孩子在比我们低一级的班里。我的那位老师的大女儿——我的那位女同学很漂亮可爱，还会纳鞋垫，我曾想将来能找她做老婆该多好啊；而我的那位老师的儿子——我的那位男同学，则让我第一次尝到了生姜是什么味道。

我在很小的时候就从小炉匠和杨老师身上，知道大理人是非常精明能干的，他们通过自己的手艺、自己的勤俭，可以走遍天下，永远饿不着自己的肚子。

后来我去外地求学时，终于经过了大理。我看到了苍山，看到了洱海，看到了崇圣寺三塔，看到了蝴蝶泉……她的自然风光是那么美丽，让人流连忘返。当我徜徉在大理古城，她的历史文化又是那么丰厚，随便一堵墙都可能与南诏国、大理国的一段传奇有关，让人思绪万千。

美丽的自然风光是养眼的，而深厚的历史文化是养心的。大理养眼，更养心。

末了说一句，我高中时的语文老师卢振华先生是大理洱源人，我在他的鼓励下走上了创作道路。在我出版第一部诗集前夕，他去世了，我曾在诗集的后记里写到他。当我在写这篇有关大理的短文时，我的眼前又浮现出他亲切的面容……

（原载于2010年第9期《大理文化》）

平凡的岗位

一

再过一两天就到春节了，可是他和他的同事们还忙于年终决算，似乎春节和他们无缘。他是 1984 年从丽江财校毕业后，分配到宁蒗财政局企业股工作的。从那一年起，往后哪一年他好好过过春节？一年也没有。每年不是大年三十才到家，就是还没有吃上年夜饭就去参加年终决算。当然，这同他的职业不无关系，谁叫他搞的是财政工作呢！

既然他的工作和春节总爱“闹点别扭”，干脆就不去想什么春节了。这样的确很好，他眼里除了决算报表上的数字之外，什么也没有。

报表共有四套。去地区里搞决算会时，其他几个县都来了三四个人，而当时的宁蒗财政局企业股只有他一人，只能是一人独当一面。别人都去逛公园、看电影的时候，他还在日光灯下审核着一个个数字。作为一名财会人员，他知道数字意味着什么，所以，每个数字都在他镜片后的眼里过滤几次，算盘上滚动几遍，才准确地从笔尖下流进表格。

由于他的一丝不苟，那一年的决算他得了全地区第一名。老科长竖起拇指，说他是一个“不错的小伙子”。

二

“忙吗？”

“忙！忙得不可开交！”他说。

是啊，和一个县的企业打交道，哪有不忙的！要及时转发上级有关文件，报送报表，要签订承包合同并予以兑现，要下企业了解情况、反映情况，还要给企业出谋划策，你说能不忙吗？

不过，忙毕竟是好事。忙使人充实，无事生非便是“不忙”的注脚。

如今，企业股除吸纳了我，还吸纳了从江西财经学院毕业的刘美仙、从云南省财经学校毕业的郑洁梅、从楚雄粮食学校毕业的我的师妹陈春芳，还有从木综厂调来的会计夜荣珍，可谓“兵强马壮”。为了更好地宣传政策、交流企业信息，他与企业股的这些同事合伙创办了一份叫《小凉山企业》的刊物。这份刊物在宁蒗的各部门和企业中享有较高的声誉。每每去企业采访，厂长、经理们见到他，都高兴地称呼他“李总编”。

三

想你的时候
我就给你写信
一个字是一座山峦
话多了连绵成群山
我一爬上去就望见你了
……

这是一首让人过目不忘的情诗。这首诗完全有资格录入“爱情诗精选”之类的选本读物。

我无从知道这首诗发表在《诗歌报》上时打动了多少读者，我知道自己被打动了。我还知道这首诗“打晕”了一名少女，使她“晕乎乎”地嫁给了诗作者。

诗作者是谁？

其实，诗作者就是老科长说的那个“不错的小伙子”，宁蒗各企业的厂长、经理们口头上的“李总编”，而我叫他“老兄”的李宗天先生。他是个在平凡的岗位上做出不平凡的事的人。他为人真诚善良、谦逊低调，工作踏实认真、业务精湛、任劳任怨。他还是个很不错的诗人，笔名叫李黑。他曾用过一个叫“李清”的笔名，不过，那是很久以前的事了。

（原载于1993年第5期《玉龙山》）

怀念罗桑益世活佛

转眼，罗桑益世活佛去世一年多了！我依稀记得一年前的一天，在与一个朋友闲聊时，得知罗桑益世活佛去世的噩耗，我半天说不出一句话来。这几年他身体一直不好，经常住院治疗，在昆明住院期间，我曾同堂弟大嘉勒寺主持罗桑松顶拉察看望过他。听说省里对他的病情非常重视，丹增等领导经常过问，要求让最好的医生为他诊治。后来得到消息说他回丽江了，我想着再去探望一下，还把这个想法同诗人曹翔说过，我俩约好一起去，不想他却永远地离开了我们！这让我非常懊恼：有些事自己做不到，做不成也就没有什么；有些事自己做得到，却偏偏因为自己的原因没有做成，到头来只有后悔。这个时候，自责已没有多少意义了，我只有深深叹息：哎！随着罗桑益世活佛的去世，泸沽湖的一个时代真正结束了！

罗桑益世活佛是黄教三大寺之一的拉萨哲蚌寺的甘丹赤珠植美五世活佛。这位诞生在泸沽湖女儿国的活佛，在当地信教群众心目中享有至高无上的地位。我父母是虔诚的佛教徒，我家的经堂里常年供奉着罗桑益世活佛的画像。在我还很小的时候，就听说过他的很多故事。我舅舅曾告诉我，罗桑益世活佛诞生的时候，泸沽湖上空出现了彩虹，还听到了法号的鸣响……

我是参加工作后才认识他的。在当年的宁蒗街上，他是我见过的最儒雅的人。在任何场合遇见他，他都是干干净净、温文尔雅。我从来没有见过他阴沉着脸，也从来没有听过他高声说话。我对他的尊敬是由衷的。每次见了他，我都会双手合十，向他行礼问好。他也总是微笑着，轻轻点一下头，算是回礼。有时我俩会简单寒暄几句。

有一年罗桑益世活佛去省里开政协会，我们经攀枝花去昆明，刚好同路。同行者中有县里去参加人代会的省人大代表，时任宁蒗县长的加觉阿三，还有我的老领导，县财政局局长胡全等。我们七八个人，吃饭刚好一桌。有一次同父母讲起那次经历，母亲说："他是活佛啊，你怎么能同他一桌吃饭呢？不要说一桌吃饭，你就是见到他在走路，也要心怀敬意，站在路下方，让他先走过才对。"我不知道对母亲说什么好，因为在母亲心里，罗桑益世活佛不是一个人，而是神的化身。如今，虽说他们由于宗教代表身份受到人们的尊重，但毕竟和凡人是毫无二致的。不当“鬼”，也不当“神”，而是把他们当“人”尊重，应该是对的。我只得对母亲说：“他说不麻烦了，是他自己要同我们一桌吃饭的。”母亲说：“原来是这样，那你们真有福气啊！”

那次同行中，罗桑益世活佛知道我是果流阿争家的后人后，告诉我说他们有次经过翠玉去丽江时，曾在我家住过。他记得我家房背后有棵高大的柏松，还有喜鹊在上面筑巢，我家的房子富丽堂皇，经堂很漂亮。他还说我爷爷能讲一口流利的摩梭话和藏话，是个精明能干的人，还问我爷爷身体状况。我告诉他我爷爷在我出生前就去世了，富丽堂皇的房子和漂亮的经堂，在那个年代早就被作为旧社会的“遗物”毁坏了，我也只是听说而已，而那棵柏松还在。有一年，有人还将那棵柏松以几百元钱卖给一些人，买家说砍伐后用作棺材板。因我家已搬离那个地方，我父亲听说后跑去理论了一番，最终才保下了那棵树。罗桑益世活佛听说保下了那棵树，仿佛保下了个人似的，感到很欣慰。

宁蒗的普米族、藏族和摩梭人，谁家的孩子出生了，若能请罗桑益世活佛赐个名，会觉得是非常吉利的事。我儿子出生那年，我就专门请他给儿子取了个名。那时我和他认识，但还不是很熟，我是同堂姐去的。我俩到了门口，脱了鞋，进到屋里，给他磕头。他摸了顶后，叫我们坐到他对面的椅子上。我有些纠结，却见堂姐跪在那里，只好跟着跪在那里。堂姐用摩梭话给他讲明了情况，他问了一下我和妻子的属相，就给孩子取了名。因门外还有很多人等着朝拜，我俩道了谢，就退了出来。走的时候，他还送了几条“卡达”，叫我们挂在孩子的脖子上。现在我经常叫着由他取的儿子的名，想着这是由他嘴里叫出过的名字，饱含着他的祝福，有种莫名的感动。我叫儿子的名字的时候，内心有种温软的感觉。

在我任县财政局局长的前几年，罗桑益世活佛已任丽江地区政协工委副主任，同时还任宁蒗的县人大常委会副主任。有好几次我去人大汇报工作，他都出席了会议。与其他领导不同的是，他从来没有在会议上说过什么，只是静静地听。有时我汇报完后，看着他静静地坐在那里，偶尔挪一下眼镜、喝一口茶，我会猜想：他坐在这里，没有坐在他的佛堂舒服吧？他听我讲这些枯燥的数字，没有听喇嘛们的诵经声入耳入心吧？他虽然没有在会议上讲过什么，但散会后都会同我聊几句，说些鼓励我的话。

他调离宁蒗后，我就很少再见到他了。但是，我听说在他的感召下，泸沽湖洛水下村曾流落海外的、被人们亲切地称为“英国阿普”的喇嘛又回到了故乡。在他去世前的几年，他都要去泸沽湖过年，力所能及地到每家经堂坐坐，满足广大信教群众的心愿。有时，摸顶摸到手都肿了，很难抬起来，他还坚持着。他是位爱国爱教的人，也是一个深爱着泸沽湖故乡的人。对故乡的情感，其实出世和入世的人，有时没有多少区别。

2011 年 5 月 10 日，我随中国少数民族作家代表团出访美国。这天是佛诞日。这天，泸沽湖畔天地同悲，成千上万的人云集在那里，追悼罗桑益世这位爱国爱教的活佛。我在从北京飞往纽约的飞机上默默祈祷，祈祷他在天国的极乐世界幸福吉祥，祈祷他早日转世到这片人间仙境！

真的，我觉得随着罗桑益世活佛的去世，代表着泸沽湖的一个时代真正结束了！然而，年迈的老土司、大腹便便的洋人洛克博士、善良的土司夫人、幼小的活佛……他们的故事，将永远会在泸沽湖流传。只要泸沽湖还在那片神秘的土地上泛着蓝色的波光，只要格姆女神还在那方星空下守护着美丽的家园，他们的英灵将与那片山水同在！

（原载于2012年6月30日《丽江日报》）

歌乐山风雨

曾有段时间，报刊上不停地出现“奥斯维辛之后写诗是野蛮的”这类言论。我很纳闷：这说的是什么意思呢？难道那以后就不应该写诗了？那为什么还有那么多诗人在写诗？难道对诗人而言，还有比写诗更重要的吗？循着这个问题，我知道了第二次世界大战时，纳粹在波兰南部的奥斯维辛市附近修建了近 40 个集中营，这就是被称为“死亡工厂”的奥斯维辛集中营。这个集中营惨绝人寰地屠杀了约 110 万犹太人。面对这样的灾难，我真的很震惊：这是人干的吗？为什么人对人能做出这样的事？！可是，事实就是事实，这样的事还是发生了！留给我们的只有反思了：怎样才能让这样的事不再发生？诗人是这个世界的良心，对这样的灾难不可能无动于衷。我似乎明白了那句话背后的潜台词。所以，当汶川地震后，看到诗人朵渔的那首《今夜，写诗是轻浮的》时，那种反思同样让我感动。无独有偶，在离波兰遥远的中国，二战结束后，又进入了国共内战，国民党反动派同纳粹一样在中国也建立了无数个集中营，臭名昭著的渣滓洞就是其中之一。这个集中营虽不大，却因为一部文学作品《红岩》而广为人知。

渣滓洞位于重庆沙坪坝区歌乐山麓。歌乐山因大禹“邀众宾歌乐于此”而得名。在中国大地上，大禹可谓是个家喻户晓的传说人物。大禹的父亲鲧因治水“九年而功不成”被杀。舜用鲧的儿子禹治水，继承他父亲未竟的事业。禹从此十三年“陆行乘车，水行乘船，泥行乘撬，山行乘檋”，三过家门而不入，终于把泛滥的洪水治理好了。他把天下分为九州，其中梁州就是四川，应包括现在的沙坪坝。我想，精于尺度和音律的大禹“邀众宾歌乐于此”，那肯定是在治水成功以后的事。遥想当年，大禹与众宾喝着酒，听着歌，百鸟在四周起舞，那是多么的其乐融融！可是，大禹不会想到，时光飞速流逝，当人类进入二十世纪四十年代中后期时，他们曾且歌且舞的地方，响起了皮鞭的声音、烙铁烙在人身上发出的吱吱声、惨烈的叫声……

这些声音是多年前从一本书里响起的，是从一部电影里传出来的，那本书叫《红岩》，那部电影叫《烈火中永生》。那声音就在我年少的梦里响着，就在我走过的山间小路上响着。那声音不曾被风吹远，不曾随流水远去，它就在某个地方，以什么方式存在着。就像一幢房子，有人和没有人是不一样的。那种看不见的“人气”能使房子不会破败，而没有“人气”的房子容易倒塌。我觉得渣滓洞就有那些“英雄气”弥漫在空气里，你从那里走过，就有歌从地底下升起来，让你血液沸腾。

我就是循着那歌声来到渣滓洞的。我来的时候，是初冬，有些树叶在飘落了。来这样一个地方，不知道为什么，我觉得应该是冬天的时候来，而且还飘着点雪花什么的，或者，下着点小雨也行。可是，今天没有雪花，没有雨，天倒是阴沉沉的。这也符合我的心境。

最初知道渣滓洞这个地方是在小说《红岩》里。小说里的许云峰、江姐、小萝卜头、双枪老太婆都给我年轻的心留下了不可磨灭的印象。后来，根据《红岩》改编的电影《烈火中永生》在乡村放映，我们一个村一个村跑去看，看多了，连那些台词都能够脱口而出：什么“进了中美合作所，就是死尸它也得给我开口”，什么“人不能单凭理想来生活，总得有现实的考虑”，什么“不要用眼泪告别，同志们，让我们用欢笑来迎接胜利”，等等。而当小萝卜头向江姐她们道别，放飞了一只蝴蝶时，当许云峰、江姐被押赴刑场时，我们的眼泪不知不觉流了出来。许多年过去了，那些场景还历历在目。由于电影的影响，我们甚至将给老师打小报告的同学取名为“甫志高”，在回家的路上将他们“枪毙”。因为小说、电影的影响，我们幼小的心里，也梦想着要成为那样的英雄。

那些具有钢铁意志的人成了我们的榜样，像一颗颗种子栽在我们幼小的心里。

随着自己阅历的增长，我不是只满足于小说所虚构的故事了，我还开始寻找历史的真相。这些故事是作者虚构出来的，还是有事实的依据？让我震惊的是这些都是真实发生过的。

据有关史料记载，渣滓洞原来是个小煤窑，因煤少渣多而得名。当煤窑的主人被国民党特务想办法逼走后，这里就成了个秘密的集中营。由于这里三面环山，一面临沟，地形隐蔽，故而成了国民党特务理想的监狱。这里关押的人员主要有1947年“六·一”大逮捕的“要犯”、《挺进报》案和“小民革”中的被捕人员、川东武装起义人员。这里还关押过江竹筠、许建业等革命志士，最多时关押人员有300多人。

我向来把监狱的门都想象成厚重的铁门，原以为渣滓洞也是。可是，也许是没有了那些戒备森严的岗哨和军警吧，看到这个集中营的门，早已没有了往日的阴森。可能是为了不让游人拥挤，门前还有护栏，这些也许是后来才修的。进了大门，就看到墙上写着：“长官看不到、想不到、听不到、做不到的，我们要替长官看到、想到、听到、做到。”这些是特务们表的决心，想必来此视察的长官看到了，心里会很高兴。到了里院，有一院坝，这就是放风坝，电影里疯老头经常跑步转圈圈的地方。里院是牢房，一楼一底，共有18间，其中男牢16间，女牢2间。内院的墙上写着“青春一去不复还，细想想，认明此时与此地，切莫执迷”“迷津无边，回头是岸”。其实，国民党反动派和共产党在正面战场上较量，在后方也在较量，就是在监狱里也不例外。较量的结果，当然是共产党赢得了天下。之所以赢得天下，主要是赢得了民心。另外，就是共产党人的信念，那种为了共产主义理想而英勇献身的精神。我有时候想：其实在战场上，虽说也是牺牲，但是在冲锋的时候，子弹不知从哪里来，让你在不知道时就牺牲了。监狱里则不同，给人坐老虎凳，用烧红了的铁烙烧，还要用竹签钉手指……十指连心呐，你如果没有坚定而强大的信念，没有一种荣誉感和道德感，没有钢铁般的意志，那是坚持不了的。所以，我觉得监狱里的英雄更难能可贵。虽然这种说法不一定对，但我总觉得战场上是对等的对手，在监狱里就只有精神和意志上是对等的，其他方面是不对等的了，被折磨的一方更艰难。

上天欲使其毁灭，必先使其疯狂。当国民党特务疯狂屠杀渣滓洞里的革命志士，连小孩甚至叛变投靠他们的人都不放过时，他们的末日也就到了。而那些烈士，虽然最终没有存活下来，但他们的壮举已记载在历史上，让后人永远缅怀。

渣滓洞现在只是一个旅游景点，与其他旅游景点不同的是，这个景点，当你参观它的时候，那些冷冷的刑具会让你的心隐隐作痛。作为一段历史，它会永远提醒我们战争的残酷以及和平的来之不易。那些革命者和反革命者都离开了我们，说不定他们的后代，有的就和我们生活在一个屋檐下。历史有时候就是这么捉摸不定。那年我随作家代表团去台湾访问，在一些地方看到国民党的青天白日旗在风里飘着，那里的人们，跟我们一样平静地生活着，心里有种异样的感觉。我想，都在变吧。国民党败退台湾后，可能也吸取了在大陆的一些教训，做了些政策上的调整。

其实，人类进入新世纪以来，随着文化的交流、经济的融合，一切都在被打破。在意识形态领域，有的互相都在取长补短。社会主义阵营，有的好的做法，资本主义也在学；资本主义阵营，有的好的经济方式，我们也在学。

我们的社会是无数的先烈用生命换来的，这个一点也不假，可是，如果我们不继承先烈的遗志，没有理想信念，最终会被老百姓遗弃。

作为共产党人，渣滓洞给我们的思考是沉重的。渣滓洞发生的故事已成为历史，历史是不可遗忘的。但是，历史毕竟只能代表过去，不代表现在。过去的共产党人为了理想和信念，连生命都可以牺牲，如果我们现在的共产党人不“先天下之忧而忧，后天下之乐而乐”，人民会怎么看我们？难道我们总是讲一些过去的历史？我们怎么样让年轻的后人看到希望？每个共产党人到了渣滓洞，都应该扪心自问，好好思考。我们应该有信心、勇气和胆识，去创造更美好的未来！

离开渣滓洞的时候，我一遍遍抚摸那些墙，抚摸那些刑具，抚摸那些床，我隐隐地觉得，我触摸到了烈士的鲜血，触摸到了沉重的历史，触摸到了钢铁的意志和信仰的力量！

（原载于2013年第7期《民族文学》，入选2013年10月重庆出版社出版的《写意沙坪坝——中国当代作家散文镜像》）

远去的梦

我曾做过很多梦，有的梦，如今离我越来越远，如烟飘散在已逝的过去，回想起时，如同吃过橄榄后喝上一口清泉，那种感觉沁人心脾。

我最初的梦想是成为一名军人。这样的梦，大多数男人都做过。任何男人，只要穿上军装，就会英武起来；任何女人，只要嫁给军人，好像就有了依靠。我的军人梦，除了受当时电影中英雄人物的影响，还受身边人的影响。我们村比较英俊的男人都去当兵了。在部队锻炼了四五年回来后，他们中的幸运者有的当上了民办老师，也有优秀的当了大队干部。在那些年月，当兵似乎成了摆脱那片“贫穷落后”土地的一条路，即便当不上民办老师、大队干部，也能讨个漂亮的女人做妻子。我至今记得，那些当兵的寄来相片，在村里是那么轰动。当时还没有彩色照片，他们的照片都是用色彩绘过色的，领章、帽徽绘得红红的，脸颊、嘴唇也涂得红红的，像二三十年代上海滩上的电影明星。他们有时探亲回来，在地里干活的姿态也是那么好看。当他们把白衬衫扎进裤里，挽着袖子，有力地挥动着锄头时，很多姑娘就会停下手中的活，含情脉脉地看着他们，那是地里最美丽的风景。

也许是小时候的梦在心里生根了吧，参加工作后，我就决定去验兵，时间是 1989 年。

与验兵有关的，还有一段小插曲。那时候我正在四处找对象，我觉得街上走着的每一个漂亮姑娘都有可能成为我的妻子，我不放过任何一个机会。在一次云南美术展中，我发现了一幅题为《普米姑娘》的画，一看作者的名，最后一个字是“花”，是怒江师范院校的一名学生。我想，能找个画家做妻子还是不错的吧，就冒昧地写了封信寄过去。信的内容当然是赞美她的画如何好之类的，想由此搭上线。我也没多大把握，说不定人家已经毕业走了。没想到几个星期后，我收到了她的回信，我俩就这样通起信来。当然，我在信中没有表露对她有什么想法，毕竟我连她的面都没有见过。我想要一张她的相片，可是怎么开口呢？在我决定去验兵之后，我有了主意。

我给她写了封信，告诉她我要去验兵了，如果验上的话，将要到遥远的青藏高原去，在这之前，我希望能收到她的一张相片，说不定在青藏高原，我望着她的相片，能写下世上最美的诗行。不久，我就收到了她的信和相片。我一看相片，纳闷了，是三个女学生。她在信中说，她不善照相，寄张合影给我，让我猜猜哪个是她，如果猜中了，再单独照一张寄来。这下我犯愁了，看着照片上的三个青春靓丽的女孩发呆。谁是她呢？是左边那位红衣少女？还是中间蓝色运动衣的这位？还是右边穿着白衬衣的那位？三个女孩在我眼前晃来晃去，我甚至还仿佛听到她们的窃笑。这个死丫头！还想为难我？我脑袋中一道光一闪，开始回信。我在信中写到，某某同学，你这道题不难。古人云：难者不会，会者不难。我说不难，是因为我知道谁是你。可是，你知道我猜的是谁吗？她的回信简单而干脆："鲁若迪基先生，我又不是你，怎么知道你猜的是谁？还是老实点，继续猜。"收到她的信，我偷偷乐了，回信道："你要我老实点，意思是说我不是很老实。天哪！在这个世界上，哪里还能找到比我更老实的人？你说你又不是我，怎么知道我猜的是谁，这有点像中国古代两个哲学家所辩论的'子非鱼，安知鱼之乐''子非我，安知我不知鱼之乐'，这只能使人陷入不可知论的境地。我相信你学过马克思主义的唯物辩证法，是知道认识论的，出现那么一小点失误，只是一时的疏忽而已。"她回信说，这样辩下去，不知要辩到哪一天。为了不浪费我宝贵的时间，她就直说了谁是她，不过，照片就免了。我仔细看了看她，一个非常可爱的女孩。

玉照自然没有收到。遗憾的是，青藏高原也没有去成。在体检时，由于视力原因，我没有验上，军人梦破灭了，找个画家做妻子的梦也没有实现。不久，她就毕业了，通信不知何故就中断了，我也不知她去了哪里。我写了一组诗发表在《怒江》杂志上，希望她能看到。也许她最终还是没有看到，因为从此杳无音信。十多年后，我去怒江参加普米族“吾昔节”，晚宴中一个女的给我倒酒，我问她是不是某某时，她吃惊地看着我，说她不认识我，问我怎么认识她的。我叫她猜猜看，只要猜对了，我寄张相片给她。她高兴地轻叫了一声，手里的壶差一点掉在地上。

除了军人梦，我还做过漫画家的梦。我曾画过无数的漫画，还参加过在东京举办的国际漫画比赛。恋爱那阵子，我懒得写信时，就画漫画寄去，效果还非常好。这也难怪，因为漫画幽默嘛。我记得我参加东京国际漫画大赛的那幅作品叫《又“吹”了》：画面上，一个男人闭着眼，仰天吐着烟圈，烟圈一个比一个大，最后飘散为云，烟圈里画着一个个女人。参赛只是重在参与，泡泡也没冒一下。我还画过题为《重量级拳王争霸赛》的一幅画，画面上是两个肌肉发达的拳手，一个拳套上写着“法”，另一个拳套上写着“权”和“钱”。还画过一些组画，《灵丹妙药》是其中之一：在第一幅画中，一个大腹便便的男人作痛苦状；第二幅画中，他喝下一瓶药；第三幅画中，他吐出一些东西，那些东西上写着“贿赂”。当时画的那些画，自己觉得立意还是好的，可能由于技法粗糙，线条不流畅，没能发表。殷海涛先生在编《丽江文化报》时，我给他寄过两幅漫画，他在该报发表了其中一幅。后来，殷海涛先生调往昆明，《丽江文化报》也不知何故停办，那幅画成了我唯一发表的漫画作品。我的上司沙玛五达当时问我那画卖了多少钱，我说六块钱，他说这可能是这个世界上最便宜的画了，我说是的。当时那幅画的稿酬是六元，我忘记了自己是否用这笔钱在宁蒗的小馆子里美美地搓了一顿。这些都不重要了，总之，那以后我没有再画漫画了。

除了军人梦、漫画家梦外，我还做过诗人梦，而且最终成了一名诗人。梦是一种奇异的花，开在年轻人的心里。人生不能没有梦，人生最大的快乐是让梦变成现实。我虽然为没能成为军人和漫画家遗憾，可是，我高兴最终能成为一名诗人，因为我找到了一种特殊的适合自己的表达方式。

哦，我那远去的梦！

（原载于2006年6月2日《云南日报》、2006年第12期《民族文学》，荣获第八届云南日报文学奖）

泸沽湖故事

2005年岁末，我奉调去泸沽湖工作。朋友们说真好啊，我可以去征服“女儿国”的女人了。说实话，我不喜欢把“征服”这个词用在女人身上，因为这个词有点野蛮的味道。男女感情其实是两厢情愿的事情，硬要说“征服”的话，在你“征服”她的同时，她也在“征服”你。我说我永远“征服”不了泸沽湖的女人，但我会“征服”泸沽湖四周的山。确实，双休的时候，我几乎爬完了泸沽湖四周的山，但是，我没有去爬格姆女神山。我以为一个人还是有所敬畏的好，不要对任何事物都无所顾忌。我不去爬格姆女神山，就是出于对女神的敬畏。

爬山的时候，我喜欢带几个伴，有时是单位的同事，有时是当地村里的小伙子。与村里的小伙子们爬山，可以和他们聊天，交流思想。我很想听他们讲“走婚”的故事，可是他们总是笑笑，说那些没有什么好讲的。他们还说：“这个你应该比我们懂得多啊。”我说：“我咋比你们懂得多啊？”他们就说：“看你的鼻子就知道你很厉害。”我说：“为什么不是看我的头，而是我的鼻子？”他们说：“这个你就不懂啦，男人要看鼻子，女人要看嘴巴。”这显然是隐喻。我说：“那不一定，虱子还是小的咬人厉害呐！”可能这个说法他们觉得新鲜，在以后的日子里还经常提起，俨然成了我的“名言”。

村里的小伙子们虽然没有给我讲什么他们“走婚”的传奇故事，但却常常给我讲起一个人。在他们眼里，他是个了不起的人，一个真正的男子汉，一个好官。他们在讲到他的时候，总会咂咂嘴巴，用拗口的方言说：“啧啧啧，那个人嘛真是点把点的好领导一个！”

他们说的那个“点把点”的好领导就是和波涛。

和波涛我不陌生，我刚参加工作的时候，在县财政局企业股工作，是“粮食专管员”，那时他是地区粮食局的领导。我曾多次跟随他和一些领导去省里办事，对他的为人和能力很钦佩。我一向很敬重他，听到当地老百姓在赞美自己崇敬的一个人，我心里很高兴。得知了他在泸沽湖做的一些事，我也就明白了他为何在当地有那么好的口碑了。

2004 年，在和波涛的一生中，这应该是重要的一年，因为这一年的一件事把他从幕后推到了台前。这年的 6 月 5 日

15: 20，中央电视台《共同关注》栏目吸引了很多人的目光，人们不知道这天又会“关注”什么。在人们的期待中，只听主持人缓缓地说：“今天我们要给你讲的这件事，发生在一个风景如画、被人称为人间仙境的地方——泸沽湖。这里曾经是全国范围内遭受人为破坏最轻、自然生态保护得最好的地区之一，湖水的能见度一度可以达到九米多深。在那里还生活着和湖水一样清纯的摩梭人，秀美的自然风光和独特的民族风情吸引了无数的游客。可是，前不久我们却接到那里一些老百姓的反映，说这个美丽的湖泊正在面临着一场灭顶之灾……”

就这样，在世界环境日，中央电视台以《谁在污染泸沽湖》为题，对泸沽湖的污染事件进行了曝光，泸沽湖的环境问题一下子成了人们关注的焦点。接下来的治理工作，由于万众瞩目，成了很棘手的难点。

其实在央视曝光之前，泸沽湖的环境污染问题就引起了市级和县级领导的注意。之前，县里就专门成立了泸沽湖环境整治指挥部，时任宁蒗彝族自治县委副书记、常务副县长，泸沽湖管委会常务副主任的和波涛被任命为指挥长，负责这项很棘手的工作。

为了营造良好的环境整治氛围，县人大、政协曾组织人大代表和政协委员对泸沽湖环境污染问题进行专题视察。可是，在当地老百姓看来，这次也可能会“雷声大雨点小”，最终不了了之。因为在泸沽湖的历史上，这不是第一次环境整治，过去很多次的“整治”，最终都草草收场了。所以，当和波涛领着以当地摩梭干部为主的工作队挨家挨户调查了解情况时，很多人不以为意。

可是，随着工作的一天天深入，特别是央视曝光之后，村民们感觉这回可能要动真格了，抵触感开始大起来。特别是那些涉及拆迁的人家，大有同工作队来个鱼死网破的架势。我曾看过当时拍摄的纪录片，看到那些很慈祥的摩梭老阿妈，用平时拍裙子撵鬼的举动，对工作队拍裙子，把他们当作“鬼”来撵，可见当时工作的难度不一般。

说来，这几年闹得沸沸扬扬的拆迁，其实也不是什么新生事物了。早在1956年11月15日，在中国共产党第八届中央委员会第二次全体会议上，毛泽东主席就说：“早几年，在河南省一个地方要修飞机场，事先不给农民安排好，没有说清楚道理，就强迫人家搬家。那个庄的农民说，你拿根长棍子去拨树上雀儿的巢，把它搞下来，雀儿也要叫几声。邓小平你也有个巢，我把你的巢搞烂了，你要不要叫几声？于是乎那个地方的群众布置了三道防线——第一道是小孩子，第二道是妇女，第三道是男的青壮年。到那里测量的人都被赶走了，结果农民还是胜利了。

“后来，向农民好好说清楚，给他们做了安排，他们的家还是搬了，飞机场还是修了。这样的事情不少。现在，有这样一些人，好像得了天下，就高枕无忧，可以横行霸道了。这样的人，群众反对他，打石头，打锄头，我看是该当，我最欢迎。而且有些时候，只有打才能解决问题。”

毛泽东主席讲的其实就是拆迁的事。改革开放后，随着我国经济的迅速发展，各种建设如火如荼，涉及拆迁的事层出不穷。由于在拆迁中，损害群众利益的事不断发生，拆迁引发的事件时有发生，拆迁显然已成为社会稳定的一个隐患。因而，拆迁不可否认地成了各项建设中的“硬骨头”。泸沽湖环境整治也是如此。泸沽湖拆迁工作能否顺利进行，关系到泸沽湖环境整治的成败。

作为整治指挥部的指挥长，和波涛知道这份担子的重量。为了较好地把这项工作做好，他想找一些相关的政策文件进行研究。遗憾的是，对拆迁工作，当时国家还没有详细的法律来进行规范，这就意味着这项工作更多的要靠自己去摸索了。譬如说，关于拆迁的补偿标准，泸沽湖一带都是木楞房，而拆迁木楞房的补偿标准，国家就没有规定。

自从接手这份工作以后，和波涛不知度过了多少个不眠之夜。央视曝光的时候，和波涛刚好去丽江，因为儿子要参加高考了，他要陪一下，给孩子一个安慰。可是，央视一曝光，他就待不住了，只能给儿子说明情况，请儿子谅解，当晚就连夜赶回了泸沽湖，到达泸沽湖的时候已是凌晨四点了。那晚下着暴雨，多少次他们不得不下车移开滚落到公路上的石头。几年后说起这件事，开车送他的李红伟还心有余悸。

我们常常看到的是领导们在台上的风光，可是，没有多少人去体会他们风光背后的那份责任，以及为那份责任所付出的艰辛。

客观地说，央视的曝光，不是一件坏事。由于曝光，从省到自治县，一级抓一级，工作得到了重视和支持；由于曝光，各级政府都投入了一定的资金，这对资金投入严重不足的泸沽湖景区而言，无疑是雪中送炭。

经过一段时间的调查了解，对泸沽湖环境整治存在的问题，和波涛心中都有数了。他把存在的问题都梳理出来，之后，在同工作队的同志们研究后，拿出了最佳的解决办法。

当然，具体工作中思想工作是不可缺少的。

和波涛耐心地与工作队做着群众的工作。他认为群众的认识有时是有局限性的，需要引导，要让他们认识到泸沽湖与他们是紧密相连的，要让他们认识到污染泸沽湖的危害性。这些工作说来容易，做起来很难。最难做的工作，其实是思想工作，因为你看不见也摸不着。所以，要将心比心，要有足够的耐心。而在相关补偿方面，他认为不要与民争利，多为老百姓着想。泸沽湖是旅游风景区，如果政府能够通过拆迁，一方面解决环境污染问题，另一方面改善民生，改善他们的旅游接待设施，提高他们的接待能力，让老百姓走上富裕之路，那将是两全其美的事。所以，在泸沽湖拆迁时，他们采取的措施就是把房子买过来拆掉，再送他们一栋房子，而且，在时间上提出了一些优惠政策。经过无数次的工作，退休教师和高若终于第一个在拆迁协议上签了字，在他的带领下，其他拆迁户也陆陆续续签了字。那以后，根据协议，村民们开始了拆迁，拿到了拆迁补偿，又按新的蓝图开始了重建……

村民们看着一幢幢新建起来的楼房，怎么看都比过去自己的房屋漂亮多了，心里便涌出掩不住的喜悦。看到游客多起来，收入多起来，村民们这时才觉得和波涛和工作队的人是真正对他们好的，觉得当初很对不起这些好人。

在泸沽湖爬山的时候，我发现泸沽湖虽然方圆只有 50 多平方公里，但无论从哪个角度看，你都无法穷尽其貌，无法把它尽收眼底。然而，无论从哪个角度看，泸沽湖都是那么美，美得你心醉，美得你失语。特别是拆迁后的里格村，村落布局错落有致，景色秀丽，成为泸沽湖最美的景点之一，在新农村建设中成为不可多得的示范点。

“为了这片湖泊的美丽，任何付出都是值得的。”和波涛说。在这个以奇特的民族风情闻名于世的地方，这个从小生长在小凉山的纳西族干部，以自己的才干和工作业绩，赢得了当地人的尊重和爱戴，这不是每一个人都能做到的。历史在某个特殊时期选择了和波涛，而他以自己的沉着、冷静、智慧、爱心、才干，为历史交上了一份满意的答卷。

我调往泸沽湖工作的时候，和波涛已调离泸沽湖。他调走的时候，听说当地村民自发地杀了一头牛，以民族的最高礼节欢送他，他们还深情地唱起了《送别歌》：

朋友，朋友
你不要走，不要走
绿水牵衣
青山低头
泸沽湖处处把你挽留
泸沽湖处处把你挽留
玛达咪

朋友，朋友
你慢慢走，慢慢走
前路漫漫

岁月悠悠
别忘了在泸沽湖的时候
别忘了在泸沽湖的时候
玛达咪

在歌声中，很多人流泪了，和波涛这个硬汉子也流泪了，大家难舍难分。这样的场面谁能轻易忘记？它如镶嵌在夜空中的星星，永远留在了人们的记忆深处，多年后回想起来，还熠熠生辉。

我调去泸沽湖是搞纪检工作的，两年后又调走了。我调走的时候，那里的朋友们杀羊欢送我。我想，一只羊还是抵一条牛腿的吧？由于职责所限，工作对象不同，比起为当地做了巨大贡献而受到杀牛欢送的和波涛，我为当地的老百姓所做的事实在是太少太少，一只羊还是让我汗颜，常让我愧疚。

（原载于2011年第12期《民族文学》）

长者风范

——悼李世宗先生

山里的老人到了古稀之年，都希望在冬天里离开人世，究其原因，大抵是这几个方面：冬天农忙已结束，人都闲暇下来；年猪已杀，粮食已归仓，吃的不愁；再者，对一些实行火葬的民族而言，冬天对停放的死者遗体起到较好的延缓腐败的作用。所以，如果在一年四季里做个选择的话，老人们大都希望在冬天里告别人世。冬天里过世的人，用当地土话来说是“会死”的人，就是懂得在恰当的时间死的人。

当然，那是很久以前的事了。

如今的山里，年轻人大都外出打工，很少有闲暇的人；

吃的只要有钱都可以买到，不必等地里的粮食收获；为了防腐，有的还用上了冰柜。其实，生老病死乃人之常情，什么时候死，个人无法选择，“会”和“不会”都是命中注定的事。可是，“观念”这东西就是有点怪，它会不由自主地留存在脑海里，一旦发生对应的事，就会自然地跳出来。所以，在北京刺骨的寒风中惊悉李世宗先生无疾而终时，我自然地想起山里老人希望选择死亡时间的事来，禁不住悲叹道：这位有着长者风范的知识分子楷模就这样走了！这老先生真会选择死的时间啊！

我是在北京参加中国作家协会第九次全国代表大会期间，得知李世宗先生仙逝的。中国作家协会主席铁凝在主持某次全体会议时说，从中国作家协会第八次全国代表大会以来，陈忠实、雷抒雁、韩作荣、陈映真等300多位中国作家协会会员离开了我们，提议参会代表全体起立，向去世的作家们默哀。我在站起来低下头那一刻，想到了刚以91岁高龄离世的李世宗先生。铁凝主席提到的作家里，陈忠实先生来泸沽湖采风时我曾陪同过，雷抒雁、韩作荣两位先生，是我在鲁迅文学院高研班学习时给我们上过课的老师，对我的创作还给过很多关心和帮助。我的脑海里一一闪过他们的画面。这些画面像电影一样闪过后，眼前浮现出李世宗先生的面容来。我遗憾没能亲自送老先生最后一程，只能在遥远的北京默哀，送他驾鹤西去。

李世宗先生的作品我很早就在一些报刊上拜读过，但一直未曾谋面，真正见到他，是我到丽江市文联工作以后。由于工作关系，单位逢年过节都要慰问一下离退休干部。最初几年，市文联要慰问的离退休干部只有两位：一位是李世宗先生，他是1926年出生，1948年参加工作的，是离休干部；另一位是牛相奎先生，是退休干部。他们都是丽江的文化名人，无论从本单位角度看望离退休人员，还是从全市角度看望德高望重的文艺名家，他们都是漏不掉的人。每年市里组织慰问文艺界人士，只要不出差，我都会尽量参加，以表达对老文艺家的敬意。我曾陪同市领导慰问过李世宗先生，也曾单独带单位的同事前去拜访过他。

第一次拜见李世宗先生是2011年中秋节来临的时候。也就是在那次慰问中，我才知道老先生住在丽江古城五一街文生巷。我们在老医院下了车，出大门往北几步，左侧现出方国愈先生故居，右侧有一条小石板路，尽头现一别致的纳西庭院，那就是李世宗先生次子，曾任丽江报社社长、总编辑，后又任市人大副巡视员的李群育先生的家，老先生当时就住在那里。李群育先生也是丽江的文化名人。看到那么一个所在，我心想：那一片将来可都是名人故居啊！

我们去时小门是开着的，进得庭院，我们就被迎进李世宗先生简朴的书房。闻着翰墨的香味，我们围坐在他的四周，向他表达敬意。我说："您老教书育人近四十年，在永胜就当了二十年老师，桃李满天下，是地道的教育家；到丽江市文联任副主席后又与和心友、和在瑞、杨承烈等志同道合的诗友创办玉泉诗社，为丽江的文艺事业做出了突出贡献；离休后继续发挥余热，为丽江的文化事业呕心沥血，非常了不起。"老先生谦逊地说他还做得不够。我接着问老先生平时做些什么，他说看书，写点文章。老先生话不多，不时叫我们吃水果，还想亲自把水果拿给我们吃。我们都慌张起来，急忙说自己动手，纷纷站起来把手伸向果盘。老先生看到大家都不拘束地在吃水果，露出欣慰的笑容。阳光照进院子，弥漫着祥和。如果有什么是不那么和谐的话，那就是四周不时传来的刺耳的敲击声——邻居们把房屋租出去了，承租人正在装修。我问李群育先生是否打算把房子租出去，他摇了摇头。也许古城就因为还有这么一些文化人居住，还有这样的坚守，商业味里还弥漫着些许文化气息的吧！

看着古老的书桌，书桌上摆满的古旧的书，还有那些书画卷轴，再看看这个戴着鸭舌帽，脖子上围着围脖，脸上有着时光斑点的老人，仿佛历史老人就坐在身旁。他是那么宽厚，那么渊博，那么谦逊，那么洞察一切，那么平和，让我心生无限的敬意。我觉得不能打扰老先生太久，送上祝福后就与老先生告别了。临走前跟他说有什么困难就尽管吩咐，他说现在各方面都很好，没有什么困难。看我们要走了，老先生还准备站起来送我们，被我们劝住了。李群育先生执意送我们到了路边。

那之后我还拜访过李世宗先生几次。有一年老先生快要出院时，我们才知道他住院了，急忙跑去看望他。那天上午十点来钟，我和单位的同事推开九楼老先生住着的病房门，就见老先生的次子李群育先生在陪他。李群育先生见我们进来，就起来同我们握手。李老先生坐在床边的一个沙发上，怀里盖着一床毛毯，正在输液，鼻孔里塞着插管，可能是氧气管。床上坐着个女孩，我猜想她可能是老先生的孙女之类的。看到老先生旁边的茶几上放着 2013 年 3 月 19 日的《光明日报》，上有中华诗词研究院副院长蔡世平先生的文章《文学性缺失：当下诗词之弊》，我很吃惊——他在住院间隙还不忘看报学习！活到老学到老，指的就是这样的状态吧！

我问老先生睡得好不好，他说好。问他吃得怎么样，他说不能吃太多的东西。我指了一下茶几上的报纸，说："您老在住院时还看书学习，不简单呐。"他笑了笑，没有说什么。看到我在给他竖大拇指，他显得有点羞怯。看到老先生脸上有着孩子般的羞怯，我心里非常地惊讶：一个老人要有多高的境界，才会有这种孩子般的羞怯？我对眼前的这个老人除了敬佩，再无其他。

我们去的时候是星期五，听说老先生下星期一就要出院了，我为老先生即将康复出院感到高兴。我想着第二天是星期六，之后就是星期天，也就是过了那两天，老先生就可以回到他温馨的院子里，看着满园春色，写诗作文了，心里有着说不出的欣慰。

那是我唯一一次看望住院的老先生。其余去的几次，老先生都是身体健康，精神矍铄。让我惊喜的是，有两次我还在第一时间拜读了他的诗作。第一次的诗作中有《"九一八"闻警感赋二首》，诗云："报警声中热血腾，江头一曲叩信灵。高粱大豆香飘拂，破浪冲霾义勇兴。"另一首云："郁郁神州情激切，中华儿女气轩昂。野心亡我非今日，万目睽睽任尔狂。"这些诗具有很好的警示和激励作用，提醒我们不忘国耻，奋发图强。我随即把稿件转给编辑，叫他们尽快发表。我说属于他们这些老人的岁月，过一天就少一天。这组诗后来发表在 2015 年第 1 期《丽江》上。第二次看到的诗作比第一次多，有二十来首诗。在这组题为《感时感事杂咏》的诗里，有首诗乃有感于朱自清“但得夕阳无限好，何须惆怅近黄昏”之句而作，诗云“民扬正气国扬魂，今日天涯真比邻。老迈常怀先哲句：何须惆怅近黄昏”。还有两首：“韶华岁月去如流，方启朦胧已白头。任是月圆花正好，襟怀浩瀚不忘忧。”“一梦飞扬华夏魂，无边春色暖寒林。艰难创业呕心血，万缕千丝在惠民。”这些用古体写下的豪迈诗句，看后让人觉得一点也不“古”，而是一种久违了的“新”，是一种大境界、大胸怀、大气魄，是对我们实现“两个一百年”奋斗目标，努力谱写中国梦发出的时代强音，是最动人的吟唱。默诵着这些发自肺腑的诗句，想到老先生那么大年纪了，还才思敏捷，我拿着诗稿的手心都在冒汗。我想：只因他心里有爱，才有抒不完的情吧？确实，只要心里有爱，笔下就会有诗。这也可以作为李世宗先生鲐背之年还笔耕不辍的诠释。在我认识的人里，如果有谁做到了生命不息，学习不止的话，我确定李世宗先生是第一个。

我仰慕李世宗先生很久，相识不过六七年，但他践行的博学、审问、慎思、明辨、笃行的知识分子古老而优良的传统，让我在边疆也能感受到一颗强大的心脏在自己身边有力跳动。我坚定地认为他是知识分子的楷模。这是因为，知识分子忧国忧民的情怀，知识分子担当道义的精神，都在他身上完美无缺地体现着。这种情怀和精神也深深地感染着我，激励着我前行。

我有时会莫名地想起一些问题，诸如死亡与季节的问题、四季与人生的问题，不一而足。四季与人生有关吗？日子一天天过去，日积月累，一年年过去，四季更迭，人生在四季里飞度，似乎便与四季紧密相连。一个人的一生，如果能像四季一样，有美妙的少年春天，有成长的青年夏天，有收获的中年秋天，有思索的老年冬天，应该说是圆满的。从这点看，李世宗先生的一生是圆满的。

斯人已逝，精神永存。李世宗先生曾出版古诗词集《雪麓吟》《草虫吟》《草虫续吟》《李商隐诗选译》，散文集《雪麓文萃》等。在我的书桌上还摆放着他的《读诗随笔——丽江诗选读》，它为我了解明代丽江木氏诗人群的作品、清代丽江诗人的作品、现代丽江诗人的作品，提供了很好的帮助，让我受益匪浅。他的作品将会成为一代知识分子的文化记忆，永留丽江大地！

作为有着长者风范的知识分子楷模，李世宗先生是我们学习的榜样。

愿李世宗先生一路走好！

（原载于2019年第9期《民族文学》，入选人民文学出版社出版的《21世纪年度散文选·2019散文》）

班主任

宁蒗有位老领导思考问题时爱眨眼睛，很多棘手问题在他眼睛眨来眨去时得到了妥善解决。所以，他在宁蒗各族群众中有很高的威望。他任宁蒗县委书记时，曾对宁蒗的贫困原因进行了深入思考：都是爹妈生的人，都是有手有脚的人，都是吃饭的人，咋其他地方老百姓就没有宁蒗贫困？是土地原因，技术因素，还是资金问题？好像都有原因，但都不是全部。他思来想去，结果“眨”出结论：根源在人的素质上，关键是教育问题。于是他提出了“治穷先治愚”的发展思路。有了思路，就有了出路，也就有了行动。那以后，在他的主导下，县里用“木材”换“人才”的办法，群体引进江苏海安教师到宁蒗创办宁海中学，通过上调工资待遇、解决家属就业、子女“农转非”等方式吸引周边地区优秀教师到宁蒗工作。这样，很多家属还在农村盘田种地的优秀教师，便从大理、丽江、永胜这些美丽富饶的地方携家带口涌向宁蒗。

柯炳玉老师就是其中之一。他来自与宁蒗山水相连的永胜，这块被深厚边屯文化滋养的土地，自古人杰地灵、物产丰富，是滇西北的“鱼米之乡”。他去宁蒗工作，除了考虑家属之外，更重要的是那里更缺教师，更能发挥自己的作用。他一家五口从永胜翻过塔尔波惹山，经战河、跑马坪、新营盘、石膏梁子，一路颠簸来到了宁蒗县城。他被分配到宁蒗民族中学任教，师母被分配到学校做后勤工作，当炊事员，几个孩子在附近学校上学。

宁蒗民族中学是当时新建的学校，属宁蒗两所高级中学之一。学校修建在县城东南面的一个高坡上，四周是农民的庄稼地，学校还没有围墙，放牲口的经常吆喝着牛马从操场上过，学生跑操时不小心还会踩上牛屎马粪，很多学生当时还住在木板搭建的板房里。我所在的班是宁蒗民族中学高三班，我是 1983 年入的校，我们之前招录了两届，每届一个班 50 名学生。学校的老师除了少数是本地人外，大部分都是从外地引进的优秀教师。那些永胜来的老师口音极其明显，其次就是大理来的、丽江来的，一听他们说话就知道他们是哪个地方来的人了。

柯炳玉老师教化学。我对化学有种天然的对抗反应，怎么听也听不懂，怎么学也学不进去。我总希望着时间早点过去，盼望着文理早日分科，那样我就不用再听化学、物理之类的让我一听就有点闹瞌睡的课了。确实，我对化学的迟钝是不可言喻的，现在回想起来，除了想到 H_2O 代表水，CO_2 代表二氧化碳，我就想不起什么了。如果还有什么化学知识残留在脑海里的话，那就是摩尔。因为我的柯炳玉老师总是苦口婆心地讲到它，让我记忆深刻。而他讲到摩尔的时候，我总想到“猫儿”，耳朵边还响着猫儿的叫声。这样的结果可想而知，以至于我到现在也想不起来摩尔它最终代表的是什么。

柯炳玉老师皮肤白皙，国字脸，头发黑亮，总是理着个平头，头发似乎永远就那么几寸，整个人干干净净，精精神神。他的衣服也总是整整洁洁，正正规规，从不邋遢。严整的衣着，但由于有张和善的、总是微笑着的脸，他总是使我们感到亲切。他不像我们学校那几位刚从学校毕业分配来的年轻老师，那几个老师年龄比我们大不了几岁的样子，却留着黄不溜秋的胡须和长长的头发，穿着花里胡哨的衣服，没有半点为人师表的模样。他们年轻气盛，有时还同我们怄气，用蹩脚的宁蒗普通话来一句:“格是不服气？走，去操场上干一架去！”

当然，没有人同他们干架去。他们之所以想同我们干架，是因为班上一些同学总是在这些年轻老师上课时捣蛋，有时趁老师在黑板上写字，还会用粉笔头捉弄一下他们，使得老师们有时会用拳头捶着讲桌：“你们怎么这样不听话？”他们越气，大家越在下面窃笑。可是，柯老师上课就不一样了。他站在黑板前，用目光一扫，就会洞穿你的心思，让你不敢有什么小动作，让大家都安静下来。不怒自威应该就是这个效果。

可能因为大家敬重的原因吧，在我们的原班主任不知何故卸任之后，柯炳玉老师就来接任我们的班主任了。知道了这个信息后，我的心“咯噔”了一下。你想想看，哪个老师会喜欢他任课学科成绩不好的同学呢？我化学那么差，能不“咯噔”吗？

柯炳玉老师来当我们班主任后，我们见面的机会多起来。其他任课老师，除了上课时见见面外，平日里是很难见到的。柯老师的身影却无处不在，他会出现在我们的寝室里，出现在上自习的教室里，出现在操场上。有时谁病了，他还领着去看病。他就像我们的家长一样管理着我们。当然，他最关心的是我们的学习，哪个同学哪门课差了，他都非常清楚。对我这样化学很差的学生，他也下了点功夫，单独给我讲解，可是，我还是没有什么进步。柯老师很纳闷：他这么耐心细致地讲解，怎么我就听不懂呢？是块石头都该开化了，咋就听不进去呢？他问是不是因为他的永胜腔我听不懂，我说不是，这和永胜腔没有关系。我说这句话时还用了永胜腔，马上觉得不妥后，又改口宁蒗话说是自己基础差，听不懂的。他说他给我补基础，我说不用补，反正文理要分科，一分科我的成绩就会上去的。他见我态度坚决，无奈地摇了摇头。

那时候，老师们都有一小块菜地，周末有时会请一些同学去帮忙挖一下菜地什么的。一旦哪几个同学被请去了，他们都会心知肚明，露出一排整齐的白牙，喜滋滋地笑。因为大家都知道，这是老师要借此机会给去的学生打牙祭，改善一下生活了。有一天柯老师请几个同学去帮忙挖一下菜地时，还喊了我。我懵了一下，知道确实没有听错后，还高兴得跺了跺脚。当然，我那双胶鞋怎么跺也不会发出多大的声响。我们没有用多少时间就把菜地整理好了。我们洗了手，师母就摆好了满满一桌子菜，都是些色香味俱全的佳肴，有的菜我们平时见都没有见过。面对这些可口的食物，我们的筷子都不知道伸向哪里了。

师母是个非常善良的人，对学生也非常好，她在食堂打饭菜时，只要是她在的窗口，学生自然会排成长长的队，因为她给的饭菜分量都很足，学生吃得也饱。而有些窗口的炊事员，舀一勺饭菜还摇三摇，就没有多少东西了，学生们在背后不停地诅咒着，说不定他们的耳朵也会经常发烫。

高二文理分班后，我的成绩一下子升上去不少，班上的排名也在往前靠，柯老师非常高兴。他每次见到我都希望我能把英语、数学成绩再提高一些。每次听到他的鼓励，我心里都很温暖，自己也着实努力了一下。高考时除了英语、数学拉了分，其他几门课都还不错，而英语和数学比我预想的要好一点。我把那提高的“一点”归结为柯老师的大力鼓励。当时填报志愿是在不知道分数的情况下进行的。后来，比我分数低的去上了大学，我被一所粮食学校录取时，柯老师深深为我惋惜，不住地叹气。我说能有学上，能找到份工作、有碗米饭吃就很满足了。确实，对山里来的我们而言，在那个年代没有比找到一份工作更幸福的事了。话虽那样说，我的遗憾也无可弥补地留在了那段岁月。每想到此，柯老师那惋惜的表情便历历在目，不住的叹气声萦绕于耳。而这种情感，我在当时的一些亲人身上同样感受过。

在宁蒗民族中学的三年，我们处世不深，知道的太少，都觉得班主任是学校里最牛的官了，他把我们一个班的学生都管理得服服帖帖，就像一个大家庭一样。后来才知道班主任不是什么官，在学校里连中层管理人员都不算，心里很为班主任这种职业打抱不平。近几年自己在单位办文学培训班之类，有时也做些类似于班主任的工作，才知道班主任是个非常不省心的差事，不到学业结束，你都不知道会发生什么，一颗心总是悬着的。

有人说爱自己孩子的是人，爱别人孩子的是神。老子说的“老吾老以及人之老，幼吾幼以及人之幼”，说的也是同样的道理。想想我们的班主任柯老师，他把我们每个孩子都当作自己孩子来牵挂，真的不容易。

我们班当时有个同学吴龙富，其实化学成绩也不怎么好，柯老师当班主任后就一下好起来，是不是当了课代表，我记不得了。但是，他参加工作后，居然有一天要请李智义、和学东我们几个同学去柯老师家帮他说媒。我们推辞不过，只得前去。到了柯老师家，他们一家都不知道我们是来做什么的，热情地招待我们。我们又享受了师母做的一桌美味，还喝了不少酒。后来我们把李智义同学灌醉后，由他把来意说了出来。

没有想到，我们居然成功了！吴同学成了我们班最赚的一个，他把我们的班主任变成了他的老岳父，也就是永胜话说的“爹”。我有时想：当年他是不是为了多看我们的那个小师妹，经常去请教柯老师化学题？他的化学课是不是因为有爱的种子在萌芽而发生了质的变化？这个他自己心里应该是最清楚的，但这家伙从来没有向我们袒露过，哪怕是那么一丁点都没有。

（原载于2019年第9期《民族文学》，入选人民文学出版社出版的《21世纪年度散文选·2019散文》）

昭通信札

一

那年夏天，我们在细雨中的鹿城告别，转眼 28 年过去了！那以后的岁月，我们过着普通的日子，平凡地生活在各自的世界里。虽然，有时回想自己的过去，那场雨还会下在心里，蒙蒙的，绵绵的，让眼里不觉一阵潮湿，但很快地，一阵世俗的风就会让自己立马清醒，把我从时间的深处拽回现实——无法再去细细品味那雨是啥滋味了！很多时候，你的身影如一抹浅淡的云，挂在天边，可望而不可即。

今天，我又想起你来！

我想起你是因为我踏上了你生活着的这片昭通的土地——说不定我现在的足印就踏在你曾经留下的足迹上。想到自己离你如此之近，近得伸手就可以触摸到你天空里飘荡的云彩，侧耳就能倾听到你林中的鸟鸣，拂过我脸庞的风说不定还携着刚好从你身旁吹来的芬芳——想到这些，我内心里便充满了说不出的感动。滇西北的我离你其实并不远，特别是在这个现代交通工具日新月异的今天，如果能够直航的话，也就一个多小时的航程。可是，在我的精神世界里，昭通是一个多么遥远——也许我今生都无法抵达的地方啊！说实话，我没有想到在有生之年会踏上这片土地。在我的意念里，它是那么的远，只有在梦里才会依稀出现。可是，现在我就踏上这片土地了，关于你的记忆又被重新打开……

我们是怎么走进那所学校的？每个人都有自己的故事。那么多学子，偏偏我们走进同一间教室，一起聆听老师授课，这是多么不可思议的事！这种巧合如果不是命运的安排，那是什么？“百年修得同船渡，千年修得共枕眠。”能在一间教室里共同学习，那也得“修”几十年的缘才能成的吧？

我是在焦急的等待中，接到那所粮食学校的录取通知书的。当时，我的心情极为复杂：喜的是自己终于被录取了，心有不甘的是比自己分数还低的同学被一些重点大学录取了。当年就是这样，你还不知道自己的高考分数时就得填报志愿。为了能保证被录取，填报志愿时，很多人都降低标准报一些有把握的学校。我考虑到家里的困难，想减轻一下家人的负担，准备报一所中专学校，一来缩短一下学习时间，二来可以减少些学费。可是，报什么学校呢？在所有的中专学校里，我看到了一所粮食学校。因为这所学校让我不由自主地想到了碗里的米饭。在那个年月，在那个边远的山寨，我们很难吃到米饭。我们那一带不产稻谷，我们买来或用土特产换回的米，只有逢年过节才能品尝到。除了过节，平日里如果家里来了客人，母亲也会打开柜子，从柜子里盛着米的布袋里舀出米，淘洗后煮上。在看到锅里的蒸汽不停地将锅盖掀起来，米汤顺着锅沿滴到火塘里时，我们想到那些雪一样白的米粒离变成碗里的可口之物不远了，会禁不住咽几下口水。我们家规矩多，在客人吃饭时，小孩是不能在屋里馋眼看客人吃饭的。我是老大，我会领着弟弟妹妹去村里逛，逛一圈回来看看客人吃好了没有；如果还没有，我们再去逛第二圈、第三圈……

所以，我填报这所粮食学校，就是想将来毕业后能分到当时的粮管所工作，能天天吃上米饭，这是我的一个梦想。当然，我最终如愿以偿。

记得去学校报到时，我下了车，自己背着行李走在那些高楼大厦中间，我看到的所有的路都是一样的，所有的房子也是一样的……我走着走着又走到了同样的广告牌下，这样重复了几次后，我几乎要扇自己几耳光了，甚至差点大声吼叫起来。我硬着头皮问了几个路人才搞清楚大致的方向，这还不够，我把一幢幢楼想象成一座座山，才知道如何行走，最后在新华书店旁才找到这所学校。

学校招生规模不大，只有两个专业，还有一个在职的进修班，共300来人。校园比我想象的小得多，有两个球场、两个食堂，有几栋宿舍楼，女生宿舍是不允许男生上楼的，门卫室就在女生宿舍入口处不远的大门旁。校园里有几株夜来香，夏秋季节香气满园。班里的学员来自云南各地。你来自滇东北的昭通，因长得白净、美丽，一下被人们熟知。我木讷，除了与同一间宿舍的几个同学交谈，我很少与其他同学讲话。你被说成是“班花”，我就更少同你讲话了，甚至连正眼都不敢看你一眼。看到从城里来的同学高声说话，似乎什么都懂，周末还跳舞，我非常羡慕。与你们相比，不管是穿着还是言谈举止，我等来自农村的就显得非常土气了。不爱说话，伙伴自然少些，这未必是坏事。我经常溜进学校旁的新华书店看书，也常到学校的阅览室阅读。离学校不远的龙江公园，也是我经常去的地方，那里的垂柳、池塘里的鱼、《翠鹿鸣春》雕像，多年后还在我梦里出现过。

我开始关注你是因为我的前桌同学，具体说是因为他告诉我，你在上课时悄悄回头看他。他告诉我这个秘密的时候，脸上还现出那么一丝得意。我想，他同我一样其貌不扬，你是我们班的大美人，你悄悄看他，说明对他还是有点意思的，换谁都可以得意一下。可是我寻思，这可能吗？听他那么一说，我就开始注意你。这应该是一个学期之后的事了。一次，当老师讲到高兴处，全班都哄堂大笑起来——这时候，我看到坐在前排的你微笑着回过头来——就在那一刻，我看到了你的目光燃烧着火焰，喷射向我的眼睛——我即刻被点燃了！我的心颤抖起来！天呐！这哪里是在看前桌，分明是在看我啊！让我的前桌有了这种错觉，可能因为我俩一前一后，都在一个方向的缘故。我把这个惊人的发现迫不及待地告诉了前桌，他观察了一段时间，开始还嘟嘟囔囔，后来就不再作声了。

从此，你的身影就像一块磁石吸引着我！

自那以后，只要是你的身影出现的地方，我不知道怎么就出现在了那里。其实，我出现在那里也仅仅是“出现”而已，不说一句话，只静静地看着你。有时你会意地望我一眼，那就是对我最大的奖赏。说实话，那时候，与你有关的一切，我都迫切地想知道。所以，我知道了你的故乡昭通是中原文化进入云南的重要通道，历史上是云南通向四川和贵州的重要门户，有“锁钥南滇，咽喉西蜀”的说法；知道了一代伟人“五岭逶迤腾细浪，乌蒙磅礴走泥丸”诗句中“乌蒙”的所在；我还知道了昭通酱，知道了你老家背后的那座乌峰山……当然，后来我也知道了昭通与大理和昆明一样，是云南文化的发源地之一。

我之所以花了点心思了解与你有关的昭通，是希望某一天与来自你老家的亲人聊天时，自己不是一无所知，还能谈出个子丑寅卯来。毕竟你来自城里，听说父母还都是领工资的，我总不能同他们聊些瓜瓜豆豆的农事。

可是，与他们聊的机会一直没有降临，这应该与我有很大的关系。我虽然爱默默地注视你，也喜爱沉醉在你温柔的目光里，可是，一旦回到现实，就总觉得自己配不上你。我总觉得你我之间有一道鸿沟，让我无法跨越。我的自卑是显而易见的，所以，我从来没有对你表白过什么。两年的时光很快就过去了，我依然没有对你说什么，现在想来很不可思议。直到我们毕业，当我坐上中巴车时，你上来递给我一张纸条，我才觉得我们就要天各一方了，应该对你说点什么。可是，我张了张口，依然什么也没有说出口。窗外在下雨，雨水打在车窗上，你的身影已模糊成一团。车走出很远，我打开你给的纸条，才发现那是一个地址。我到现在还清楚地记得那个地址——镇雄县人民巷某某号。在我分配到一个单位后（不是粮管所），我曾按你给的地址给你写过一封信，可是，没有回音。虽多次打听你的下落，但都没有什么结果，我也只能“自食其果”了！这是我的宿命。

其实，从我的目光被你点燃那一刻开始，我就给你写诗了。诗都写在我们宿舍那位来自烟厂的梁同学给的平整包装纸上，就巴掌大点，一边印着卷烟品牌字样，一边是空白，我就在空白处写诗。现在回想，我总埋怨自己为什么当时胆子不大一点，领你去吃点小锅米线，抑或一起看一场电影，或将自己写的那些诗念给你听，把自己的那份情感大胆表达出来。我们是一起看过一场电影的，可是，去的是你我两间宿舍的所有同学，遗憾的是我俩还没有坐在一起。我觉得自己花的那点钱虽然不多，但有点冤，即使过去了很多年，一想起这件事，我还有点耿耿于怀。这与同学的恶作剧有很大关系——他们是想让我多请几次才故意不让我们坐在一起的。我知道他们的想法，咬咬牙没有上他们的当。于是，也就失去了坐在你旁边看一场电影的机会。穷人的爱情啊，有时也挺辛酸的，就少说几句吧。

多年以后，在一次外出学习时，我意外地与你的一位亲戚相遇，从聊天中得知了你的情况。当时我出版了第一部诗集，在那个小县城还当了一个部门的小领导。觉得小有成就的我，有点突发奇想，想把自己的诗集寄给你。我之所以有这种想法，可能有种想告诉你当年你没有看错我的意思，我是“潜力股”。另外，也有在那个贫困的年代，你用一种默默的爱鼓励我，我对此表示感谢的意思。我在学校时已经在尝试投稿，编辑部的来信（很多是退稿）比较多，每次你把那些信件拿给我时，都会深情地看我一眼。那是多么让我神魂颠倒的一眼啊，它几乎把我融化了！它让我恨不得化成一束光，随你的目光飞速闪进你的眼里去，永远住在那里。即便变成泪流出来，也流过你的脸庞。为了那一眼，我变得更加勤奋。在经历了多次投稿失败后，我的作品开始变成铅字发表在一些报刊上。这在我们学校引起了不小的轰动，多少为我走上业余创作道路增添了信心。可是，我对爱你还是缺乏信心。我曾想用稿费请你吃顿饭，犹豫了很久只得作罢，最后只与同宿舍的喝了场酒。

决定给你寄诗集后，我通过查询号问到了你单位的电话号码，最终找到了你。你起初没有听出我是谁，这可能是因为我有点激动，说话有点吞吞吐吐、语无伦次。毕竟十多年了，一条电话线连着彼此的呼吸、彼此的声音，有点激动也是情有可原的。我说，我出了本诗集，里面有写给你的诗，我想寄一本给你。你说不用寄了，你现在不怎么看书了，有点时间也是照看孩子……我的脑袋“轰”地响了一下，之后有什么东西破碎了！我感到那种碎不是一般的碎，是变成了粉末的碎，再也无法复原。你的回答是那么干脆，脱口而出，那么不容置疑，没有半点回旋的余地。我欲哭无泪，胸口疼痛，呆呆地坐在电话机前。好半天我才回过神来，才明白刚刚那一刻发生了什么。我多么希望那是一个梦而不是事实，可惜，一切都已无法挽回地发生了！多少让我始料不及。

多年后的一个晚上，我把当时的感觉写成了诗：

我知道碎
我知道一块布
怎样在剪刀下碎
我知道碎
我知道一簸箕荞麦
怎样在石磨里碎
我知道碎
我知道一堆石头
怎样在粉碎机里碎
……
呵，我真的知道碎
我知道一颗心
怎样在爱里碎
那种看不见的碎
比碎还碎

说真的，我非常后悔给你打那个电话。直接把书寄去不就行了，为什么偏偏打那个电话？我不停地问自己，我发现脑子有时真的会进水！我懊恼不已。

我把这件事讲给爱人听，没有想到她非常高兴，她说：“你的那个女同学真好，让你死了心。不然，你这个家伙说不定这次寄书，下次还会偷偷跑去看她，再下一次就不知道会发生什么鬼事情了呢！”说完还从鼻孔里哼了一下。

我无奈地看着这个兴高采烈的女人，没有想到她会如此高兴。当然，我也不能让她听出我内心里有什么碎裂的声音，因为我没有理由伤害这个善良能干的、深爱着我的女人。不过，话说回来，她也应该高兴，毕竟在我心目中作为女神的你，可能在打电话那一刻“死”了，而她“复活”了！

现在，想到那个不断回过头来深情地看着我的女孩，那个从我身边走过的时候，哼一句《让世界充满爱》里的“这颗心永远属于你”的女孩，我真的有点难过。难道那一切都是无心的吗？难道跑到要出发的车上，递给我的那个纸条也是无意的吗？

我不停地问自己——当然，我也只能问自己了。我能去问你吗？也许，这个世界上的事，有的东西没有追问的必要，没有答案也许是最好的答案。有的事真的又怎样，假的又能如何？因为一切都已经不可能重来了！

不过，将来有机会的话，我可能会去做一件事，那就是寻着你纸条上的地址，看看那是一个怎样的所在。也许那条小巷还在，那个门牌的房还在，只是物是人非，人去楼空。如果是这样，我只能在门前站一会儿，遥想当年你是怎么走过那条小巷的，之后，怅然离开。也许那条巷道同很多时下的巷道一样，早已背上了拆迁的命运，不复存在。

说了这么多，心里还是有点耿耿于怀。我想，我之所以这样，可能与那个电话有关。现在人们都玩手机了，要找一个人，似乎更容易了，知道你的手机号也很容易。不过，知道了又能怎样？也许我只会把它默记在心里，永远不可能去碰触它，就像当年不曾触碰你的手一样。

还能说什么呢？当年不曾说过什么话，今天似乎更不好再说什么了。我只有在内心里真诚地祝你一切都好!

二

今天是我到达昭通的第二天，根据安排，今天要开一个座谈会。

过去的人们，如果是因为罗炳辉、龙云、卢汉等风云人物而认识昭通的话，那么现在，人们再次认识昭通，可能是因为“昭通作家群”。这是不争的事实。在这个普遍以GDP论英雄的社会，能用文学的方式，让一个地方声名远扬，那是功德无量的事情。昭通作家们功不可没，成绩卓著。因了曾令云、夏天敏、雷平阳、樊忠慰、宋家宏、李骞、胡性能、潘灵、杨昭、蒋仲文、邹长铭、麦芒、贾薇、陈衍强、吕翼、傅泽刚等一批优秀的作家所奉献的精美文字，我内心里对这片土地充满着敬意。所以，当我接到参加昭通的一个文学活动的邀请时，就爽快地应允了。当然，我心里还想着这是你生活着的地方啊——这么一想，我看山也美，看水也秀，就连看到街上的一条流浪狗，也觉得很亲切。

来之前，云南省作协副主席、秘书长杨红昆先生就布置了一个任务，要我谈谈昭通回族诗人沈沉的诗歌。我想了半天，想着同沈沉在哪里见过。最后想起来，第一次见他应该是在鹿城，那个我们曾经在那里学习了两年的城市。我同沈沉还在《翠鹿鸣春》雕塑前合过影。我没有同你单独合影过，如果说有的话，就是那张全班的毕业照。我会偶尔拿出那张“全班福”来看看，有一次还情不自禁地摸了一下你的脸。那是我唯一一次摸你的脸。当然这种相片上的“摸”是没有质感的，等于没有摸一样。因为你不知道，所以少提为妙。对于这件你不知道而我却做了的事，我多少还有点负罪感，在此，也向你道个歉。不过凭良心说，说不定我摸的时候，稍不留意就抹去了时光留在上面的一丝灰尘。

谈论沈沉的作品，说实话我有点忐忑。在我看来，由于阅历、文化背景等的不同，对诗的解读也会不一样，有时可能还会误读。对待诗歌，最好的办法就是静静地看，默默地感受，一切尽在不言中，一切以心灵的感应为要。所以，我有时会有鲁迅先生所说的“当我沉默着的时候，我觉得充实；我将开口，同时感到空虚”的感觉。我常常觉得，我说过的话，别人都是知道的；我将要说的话，别人懂得还更多；而我未曾说的话，别人也能体会。因而，我总是无话可说。

我静静地坐在会议室里，听着那些名家对昭通作家们的点评。他们点评着彝族作家吕翼、杨昭，白族作家杨莉，回族作家沈沉的作品。这些作家中的吕翼、杨昭、沈沉是我很熟悉的，他们都是非常优秀的少数民族作家，杨莉我也是知道作品的，只是没有见过面。所以，除杨莉外，不用其他人介绍我也能认出他们，我同他们在会前都打了招呼，寒暄了一下。当主持会议的中国少数民族作家学会常务副会长，《民族文学》原主编叶梅老师点到我名字的时候，我只得打趣着说，我不是评论家，面对这么多著名的评论家，我有点班门弄斧的感觉。可是，在这个座谈会上，我即便是只螳螂也只能抡几下大刀了。考虑到发言的人很多，我就简略地谈一下。

在这之前，我曾在《民族文学》《诗刊》《星星》《诗歌月刊》《云南日报》等报刊零星看过沈沉的诗，包括他那获得《边疆文学》年度大奖的组诗。有一年我参加滇东文学奖的评奖，也看过他的诗。这次又看了一些。总的来说，看了沈沉不多的诗，但我也记住了他的一些诗。

什么样的诗呢？如《秋天里》：

秋天里，庄家纷纷逃离
留下空寂的土地
等待远方路途上的大雪

树叶飘零，河流消瘦
每个村庄都在准备
姑娘小伙的婚嫁，也都有

一二个老人，月光中无声地死去
像被时光捡起的果实
装进大地永不满足的口袋

诗不长，略略数语，就简洁勾勒出了秋天农忙过后的景象。而“一二个老人，月光中无声地死去／像被时光捡起的果实／装进大地永不满足的口袋”则如平地里响起一声惊雷，给人以震惊的同时，留下了无限的回味。“姑娘小伙的婚嫁”

是喜，而“一二个老人，月光中无声地死去”是悲，这种悲喜交织在一起的场景，在诗人不经意的叙述中，让一些我们司空见惯的东西，重新揪住我们的心，让我们想起故乡、村庄和亲人，禁不住潸然泪下。“月光中无声地死去”，为什么是在“月光中”而不是在“暗夜里”？这看似简单的诗句，其实满含着诗人的爱怜，因为他实在不愿意让这样的事在暗夜里发生。从中我也真切地感受到了诗人的真诚和善良。

又如《又一个》：

你不是第一个，在我的山村
每年都会有人离开，不知什么时候
就会有人，都是些庄稼汉
活着出去，死着回来
斗殴，事故，车祸，矿难……
或者蒸发，再无一丝丝消息
好歹你是到家了。在那个陌生之地
据说你是卸货工和搬运工
在那个风和日丽的正午，饿着肚子
在突然启动的货车上，被横穿公路的
架空光缆，勒翻到车下
栽倒进一朵黑色的乌云，再没起来
辗转千里，此时躺在新修的小小砖房中央
青色的幔帐垂挂在漆红不久的门上
隔开你和尘世，和白发苍苍的老父老母
四个儿女，十六，十四，十一，八岁

多年以后他们会明白，这些日子的意味
还有一个泪水流尽在异乡的媳妇
在乡亲们中间，我很难一一认出
还有那些身在昆明
身在海南，身在福建，身在广东
身在安徽，身在江苏，身在江西
身在浙江，身在上海，身在山东
身在山西，身在河南，身在河北
身在内蒙，身在新疆，身在东北
身在湖南，身在湖北，身在甘肃
身在青海，身在陕西，身在宁夏
身在贵州，身在四川，身在北京的
兄弟姐妹，叔叔侄儿
每每想到他们日渐模糊的
面孔，口音，我和我的山村
就会忍不住胆战心惊，噩梦连连

这样的诗，自然而真切地记录了当今社会变迁之下底层民众的艰辛和人们心灵的细微感受变化。随着诗人一个个地名的指向，我们的目光、我们的心被牵引着走向四方，诗歌也在这一过程中获得了普遍的意义。现代化、城镇化的进程，冲击着中国农村几千年的文明。这些记录，具有史诗般的特质和力量。

沈沉给我留下深刻印象的诗，还有《墙》《牧羊女》《写给小缘》《在重庆解放碑下》等。《在重庆解放碑下》让我想到当年去重庆时在解放碑下的经历，意味深长。我觉得一个诗人存在的意义，不在于你写了多少诗，而在于你写了多少让人记住的诗。从这个意义上说，我认为沈沉是成功的，因为他写出了一些让我感动和记住的诗。当然，让我记住算不了什么，让更广大的读者记住，让时间记住，那才能永恒。我想，随着时间的流远，这些忠实于心灵的歌，这些用真情和善良铸就的文字，必将散发出恒远的诗味，芬芳着我们的世界。

再过几百年，我希望人们谈论起昭通的风云人物时，除了罗炳辉、龙云、卢汉等外，还能自然谈论起“昭通作家群”，当然也希望能谈起我现在谈论的沈沉。祝愿他今后写出更多更好的作品！

我就这样简单地与在座的人分享了一下沈沉的诗歌。主持会议的叶梅老师认为我谈得还不错，鼓励了我几句。如果你在场的话，我不知道会说些什么，也许我会把更多的时间用来评析他的爱情诗。我希望在评析他的爱情诗时，能够让时光倒流，让我们再次回到那段美妙的岁月，当老师讲到恰到好处时——同学们会心地笑起来——你悄悄地回过头来，深情地望着我……

这是我多么梦寐以求的事啊！如果时光能够倒流，我可以肯定地说，我将不再是那个羞怯的男孩，而是会有着狮子的勇气和豹子的胆量的男生，我会紧抓住你的手，把你带到小凉山去，在那里的任何一个山头，给你建一所房子，辟出一块块地，种上荞麦、洋芋……

三

今天是我到达昭通的第三天。清晨在鸟鸣中醒来，我就在被窝里回想了一下昨晚的梦。其实，我在睡觉前曾对自己说今晚梦梦你。当然，不会有什么企求。在梦里能干什么呢？什么事也干不了，什么事也不可能干！我只是想在梦里梦梦你，看你在做些什么，看你变成了什么样。晚上昏昏沉沉地睡了，早晨迷迷糊糊地醒了。仔细回想，梦好像是做了的，只是那个梦似乎与你没有什么关系。虽然出现了个背影，远远的，微微驼着，但怎么看都不似你。你这么美丽的一个人，怎么能驼着背出现在我梦里呢？

所以，昨晚是做了个不想做的梦。好在我已从梦里醒来！

今天的目的地是盐津县城，途中经过大关。那次意外地知道你当年被分配到这里工作，后来就在这里成家，一直生活到现在，所以，我对这个地名有点敏感。拿到活动手册时，我特意看了下有没有这个地方。还好，没有。不然，看到这个地名，我会心跳加速。途中有指示牌显示某条路将通向大关，但我只能坐在通向盐津的车上，向那个方向行个注目礼，算是“看”过你了！几十年了，这次是我离你最近的一次了！我想起那次给你打的电话，耳边又响起了某种东西碎裂的声音……

迷迷糊糊中，车停了下来，说是到了豆沙关。一行人沿着石阶，走在建于秦朝的五尺道上。到了这里，我才发现什么才是真正的“一夫当关，万夫莫开”，什么才是真正的关隘！那些石头上留下的马蹄印，雨天会灌满世事洞明的水，晴天则回旋着时间走过的声音。旁边的河静静地在流，对面的悬崖峭壁上，神秘的僰人悬棺，像收拢了翅膀的陈腐大鸟，黑黑的，放置在石缝中。我的四周，河道、古驿道、铁道、柏油路、高速路、空中的航道，形成立体的交通网络，让人的思维随时会出现短路，想不起来自己是哪朝哪代的人。而只有 122 字，却有“维国家之统，定疆域之界，鉴民族之睦，补唐书之缺，正在籍之误，增袁书之迹”等重大历史作用的袁滋题记摩崖石刻，则让我对一块石头充满了爱和敬意。

关于盐津我知道得很少。大地辽阔，有时候人们知道某个地方，要么有什么美丽的风景，要么有什么历史事件，要么出了什么了不起的人物。我知道盐津是因为一个诗人，他的名字叫樊忠慰。我想，中国很多人不一定知道盐津，但一定会知道樊忠慰。而知道樊忠慰是因为他的诗歌。

诗歌怎么写？诗无定法，一千个诗人有一千种诗歌。在看惯了千人一面的诗歌之后，读到樊忠慰的诗歌，会让人对他独特的感悟和独到的表达感到震惊和赞叹，似乎他来自还不为我们所知道的星球，是为了给我们某种启示才来到这个世俗世界的。

他这样写黑豹：

黑豹　苦难的王子

囚笼是宫殿　心脏是石头
当山羊从女人的皱纹叼起小鱼
你饥饿的胃翻卷鼠毛　枯草　湿土
你的病弱是一幕皮影戏
锁比利齿咬得更紧
脚踩到了宇宙的中心
不静止　也不移动
一团渴死的自由
让头颅着火　脑浆哭泣
眼珠里滚飞的鹰呀
像一粒炒爆的黑豆
它的翅膀是不是天空的俘虏
只有梦穿破栅栏
幽灵般遁入深林
嚎叫吧！诗歌
不幸的生命　因破碎美丽
你看夜空那颗暗淡的星
会不会是黑豹的眼睛
在我的手中成为黄金

——樊忠慰《黑豹》

这样的诗你能解读吗？不同的人都能从中汲取到自己的所需。

他这样写爱情：

我爱你，看不见你的时候
我最想说这话
看见了你，我又不敢说
我怕我说了这话就死去
我不怕死，只怕我死了
没有人比我更爱你

——樊忠慰《我爱你》

相较于前一首诗，这首诗显得口语化些。然而，由于独特的思维，诗在看似简单的、不停的循环往复中，像剥笋一样，被一层层剥开，最终剥出一颗爱心来！哪个看了会不感动？

他这样写沙海：

这无法游泳的海
只能以驼铃解渴
每一粒沙
都是渴死的水

——樊忠慰《沙海》

这样的诗只可意会，不可言传。矛盾的对立统一，奇特的想象，诡谲的语言，除了樊忠慰这个“外星人”，哪个才子说得出？

他这样写海：

偌大一颗泪
淹没了好多词汇
还想把天空
带去哪里

静静的海
养鱼为生
飘忽的海鸥
撩起几多悠远的怀想

海水并不一味的苦
如果只是苦
海也就太平淡

比眼睛深邃的海
我走了
你蓝给谁看

——樊忠慰《海》

这样的诗歌，我不想对它做过多的解读，我怕自己的误读会伤害到诗歌，伤害到诗人。生活在当下，能读到这样的诗，我很幸运。在读到“比眼睛深邃的海 / 我走了 / 你蓝给谁看”

时，我忍不住流下了泪。

我忘记了我是哪年看到樊忠慰的诗歌的了。有一年，一位朋友把樊忠慰的诗赠给我，我把它放进书柜时，书柜发出了下沉的“吱吱”声。我对此百思不得其解，是不是发生了错觉？但想想他的诗歌，我又觉得一切都很正常，没有什么不对。

这次的昭通行，在我知道行程中有盐津后，我就想着拜访一下他。

我们到达盐津的时候，已经八点多了，灯火通明。深深的峡谷，有江水在汹涌流淌。我翻出樊忠慰的电话，打了过去。我告诉他我到了盐津，想去看看他。他问我在什么地方。我告诉他我住的酒店在某单位办公楼旁，他说他不知道。他问我是在老城区还是在新城区，我说我也不知道。我先是吃惊他不知道一个大单位所在地，后来我想，他为什么要知道这些地方呢？我觉得他是生活在另外一个世界的人，不世俗，干净而高贵。

正当我准备搭出租车去找他时，一位宣传部的女领导告诉我，她知道樊忠慰在老街的住处，派车把我送了过去。

远远地，我看见一身牛仔服的樊忠慰站在路旁。他把裤脚塞在袜子里，穿着布鞋。这样的穿着不仅仅是传统和现代的结合。我看到他的那颗痣还在原处，知道他还好好的，就安了心。他把我迎接到他三楼的居室里，一进去就摘了个香蕉给我，接着连忙去烧水。我还没有吃完香蕉，他就把削好的苹果递到了我手里，接着又是泡好的茶。他指着他的卧室，说有时睡这间，有时睡另外一间，他父亲来就让老人家睡这间。我跟着他看了他平日生活着的世界，觉得这个世界宁静而祥和。

我们坐着聊天。我问他平时的饮食起居、写作、工作等。他跟我聊我的诗歌，还说我的作品《1958年》虽然影响大，但他更喜欢我的《小凉山很小》。我们还聊到我们都尊敬的于坚先生，还聊到其他诗人。有一次我还差点问他是否有女朋友了，话到嘴边又忍了。这些俗事不聊也罢，我们就聊些我们都感到快乐的事。

我要走了，与他告别。我站起来把手伸进衣兜里，准备掏出这次笔会发的稿费，让他自己买点药之类的。我说来时也不知道会来盐津，没有带什么来看望他，这次笔会发了点稿费，也不是很多，请他买点药或者水果。他飞快地把我的手死死抱住，说："你千万不要这样，你来看我，我就很高兴了，买药可以刷医保卡，我什么都不缺。"他还说："大个子，你给我个拥抱吧。你回去后给我寄一本你的诗集，那就是我最喜欢的礼物。"看他态度那么坚决，我怕我的坚持会伤害到他，只得作罢。我含泪和他拥抱，拿着他签了名的诗集下楼。我叫他不用送了，他执意不肯。我才发现，他执意要做的事，谁也无法阻拦。

盐津的老街长长的，撒了点雨后湿漉漉的，路两旁的灯照在路上，又有了反射的街影，车子行驶在上面，不时发出"嗤嗤"的声响。

我俩在路边站了一会儿，终于从右侧方向驶来一辆出租车。车停了下来，我刚钻进车里，就见樊忠慰飞快地递给司机十元钱，说声不用补了，转身离去。

车子驶离了，我回头看到他拾级而上。望见身旁那个药铺醒目的铺名，我的心被针刺了一下。他让我想起梵高、尼采这样的天才来。

这个整天都吃药的人，背负着诗歌的十字架，用诗歌救治着这个世界。

明天我就离开盐津了，想着这是樊忠慰生活的城市，我恨不得把这个城市的一切都刻入脑海里。可是，天公不作美，天空中不时飘下细雨，一切都变得朦胧。在潮湿的路面上，雨刮器有规律地刮擦着车前的玻璃，车灯努力穿过雨点，尽力探照出一条路的原貌。

在那次打电话时，你说不用寄我的诗集了，你不看什么书了，有空就带带孩子。我想，这么多年过去了，想必你的孩子已长大，说不定你也有空闲的时候，说不定也想看看书，那你就去看樊忠慰的诗吧！

在离开昭通的前夜，我想对你说：他的诗真的好！

（原载于2017年第5期《西部》，入选人民文学出版社出版的《21世纪年度散文选·2017散文》）

永远的雪

听到你死了的消息，我并不惊愕。我想，人总是要死的，一个七八十的人，与其让病魔缠身惶惶不可终日，还不如一死了之的好。何况是个孤苦伶仃的人！

无大悲哀，自然也没有去送葬的必要。然而，我终究还是赶在殡葬之前回去了。在故乡阴霾的天空下，看到那画有太阳、月亮、天狗、树木、花、鸟以及张弓搭箭射天人的棺木房时，我没有哭，也不想哭。我只是呆呆地站着，静静地凝视，心里不停地重复着：你死了，你终究死了。

没有庆幸你死的意思。我只是从你的死里，体味到生的不幸与悲哀。对你而言，死或许是一种解脱！

人活着究竟是为了什么？

每个人以自己的地位、经历、观点，作着不同的回答。

然而，我还是要问：人活着——特别是那些普普通通的人活着，究竟是为了什么？

他们不为什么，他们仅仅是为了活着而活着而已。

——一个声音似乎从很远的地方传来。

不知为什么，听到这句话，我不觉簌簌泪下。

棺木在烈火中化为一股浓烟，在高空中飘散，我默默低下了头。

我想起小时候同你一块放马，看那遥远的雪山。你指着起伏如浪的群峰之上那皑皑的白雪说："只要那雪不化完，人就不会饿死的……"

我忍住饥饿，记住了你的话，也从此记住了你。

那是昨天吗？正如一首歌中所唱的，"想起来是那么遥远"啊。

雪。雪。雪。

我眼里尽是雪！在夏日酷暑下渐渐消瘦，却依然在群峰之上闪烁着凛冽光芒的雪！

于是，我明白：人是为希望而活着，哪怕是为活着而活着的人们，心里也同样存有美好的希望。

你是怀着希望升上天国的。在你的希望里，你永远健康美丽。一位高大英俊的骑手，自天边向你飞奔而来，让你成为伟大的女人——母亲！

（原载于 1994 年第 4 期《民族文学》）

父亲和他的饭团子

上小学那阵子，我们这个村还没有通公路，运输工具主要靠马。山间那悠悠的马铃声，驮着我们对山外的梦想。

父亲给村里赶马，时常捎回些山外的故事。马帮常驮些兽皮、药材到山外，再从山外驮回茶、盐、布匹之类，这些便成了山民们新鲜的话题。

那时候，村里除了在国庆等盛大节日打牙祭外，我们家很难吃上一顿肉，白米饭更是难得吃到一回。因而，每次父亲赶马归来所带的饭团子，就成了我最美味的食品。

饭团子是父亲把有意吃剩的米饭，用蘸了水的手捏成团，在篝火上烤黄而成的，吃起来香脆可口。有时，饭团心还有那么一小根肉丝，虽不很解馋，却能让我咀嚼出久违的肉香味。

我以为，从那时起，我就学会等待了，纯真的等待——等待赶马的父亲随叮当的马铃声翻过山来，等待有那么一小根肉丝的香甜可口的饭团子……

现在，我不必等这些了。随着改革开放的深入，我们村通了公路，父亲已从一个“赶马哥”成了我们村的村长。过去，很多揭不开锅的人家，如今每年都能宰五六头肥猪，能用自己种的燕麦、青稞、洋芋等换回很多雪白的大米，随时都可以打牙祭，每日都可以给自己上学的孩子捏饭团子了。

尽管如此，我还是常常想起父亲的饭团子。我想，今后我不可能再吃到那样的美味了。前不久，他老人家到了城里，用那双捏过饭团子的手拿出几十元钱，对我说：“孩子，你刚参加工作，工资少，拿去贴补生活……”

我不知道对他说什么好，只知道我已无法挽留自己的眼泪了。

（原载于1989年7月13日《云南日报》，入选1990年10月云南民族出版社出版的《五彩云霞》）

女儿国诞生的诗人

在小凉山诗人的一次聚会上，大家赞不绝口地传阅着一组诗。我不以为意地接过来一看，只见一首《彼此的鸟》写道："一只小鸟／背着天空飞翔。"心里禁不住暗叫了一声"好！"。其实是一只小鸟在天空中飞，这是大家都知道的。然而，让这只小鸟"背着"天空飞，就不是大家都能想得出来的了。这是怎样的一种妄想？诗里一小一大形成的巨大反差，明知不可为而为之的勇气，使这只"鸟"同我们常见的鸟区别开来，深深地抓住了我的心，让我震撼。我说："这是哪个'鸟人'写的啊？"诗人们都把目光转向一个角落，我看到了坐在那个角落里的曹翔。他一言不发，默默坐着，就像一块石头丢在那里，都快要被人遗忘了。也许他从我眼里看到了一丝什么，解释说是乱写着玩的。

我看了他一会儿，他有点不好意思地摸了下耳朵。其实，我虽说是望着他，眼里浮现的却是十多年前那个稚嫩而白净的他。那时，我的这个同学爱戴一顶军帽，穿一件草绿色的军衣，裤子则是一条将鞋子整个遮盖住的喇叭裤。他喜欢练武术，有时还将肚子鼓起来，让我等打几下。他不仅抽烟、喝酒，还谈恋爱。我们班在我们学校名声不是很好，让很多老师头疼，恨不得我们早点毕业，班主任也换了两个。这多少与他和另外几个比较跳闹的同学有关系。高考时他的落榜是意料之中的事。之后，他先是搞个体经营，开辆大货车拉木料，后来又进出过几个单位，他测设的那段公路还在泸沽湖畔弯曲着。他在读着生活这部“大书”的同时读了无数的中外名著，还写出了让我吃惊的诗，这是我一点也没有想到的。眼前这张古铜色的脸叠印在十多年前的那张脸上时，我不得不惊叹生活的捉摸不定。知情人告诉我，他默默地写了十多年的诗，是诗坛上的“地下工作者”。

在大家鼓励下，他开始向外投稿。首先《丽江日报》副刊推出了他的一组组诗，后来《滇池》《生活新报》《云南日报》《边疆文学》，继而《绿风》《星星》《文艺报》《民族文学》《诗刊》等众多国内刊物也推出了一组组他的力作。他还在《诗刊》举办的诗歌比赛中获奖，加入了云南省作家协会，成为“小凉山诗人群”的骨干作者之一。

曹翔的诗大部分是写给他的故乡泸沽湖的。即便有的作品没有专门写这个给他生命和爱的湖，但从他的诗里也能折射出这个生长在藏传佛教、普米族韩规教、摩梭人达巴教等诸多教派和谐共存的“女儿国”里的诗人对外部世界的特殊感受和领悟。在看惯了那些除了语言还是语言，最终也不知所云的诗后，看到“从此以后 / 我一刻也没有飞离过 / 含在您眼里的天空”（《母亲》）这样的诗句，我真的很感动。而读到“我多么想握住 / 那失去锋刃的弯月 / 在远山溪流的磨刀石上 / 磨出一片 / 闪着泪花的星星”（《 闪着泪花的星星》）这样明显印着童年记忆，虚实巧妙结合的诗句，我简直觉得是神来之笔了。而这样精美的诗句在曹翔的诗集《家乡的泸沽湖》中随处可见。

曹翔出生在神秘的泸沽湖畔。泸沽湖畔的洛水村世代居住着普米族和摩梭人。泸沽湖就是普米与摩梭友谊的结晶。洛水上村被称为普米村，下村则称为摩梭村。实际上，普米村也有摩梭人，摩梭村也有普米族人。摩梭人以其独特的婚姻习俗闻名于世，而随着旅游业的不断发展，为了迎合游客，接待中很多普米族人也说自己是摩梭人了。整个洛水上村，家里还讲普米语的也只有三四户了。作为洛水上村的普米族诗人，曹翔面临着本族语飞速从身边消失的尴尬境遇；另一方面，面临着故土渐渐被打造成旅游景点的处境。这种隐痛在他的诗里有充分的表现，有的连标题也那么直截了当，如《受伤的故乡》等。作为诗人，能有这样的思考和表现，无疑是可贵的。

泸沽湖人杰地灵，这里曾经诞生过闻名于世的西藏哲蚌寺甘丹七珠五世——罗桑益世活佛，现在，又出现了曹翔这样一位颇具特色的普米族诗人，这是值得庆贺的。我以为罗桑益世活佛的诞生和诗人曹翔的诞生是泸沽湖畔最伟大的事件，对此我深信不疑，历史也将会证明这一点。

（原载于2009年2月12日《文艺报》）

群山之上的“小凉山诗人群”

这是一个收获的季节，小凉山 6025 平方公里的土地上，到处是丰收的景象。人们收获着汗水喂养的果实，也收获着幸福和安宁，同时收获着诗歌带给我们的快乐。在这吉祥的日子里，在宁蒗彝族自治县成立五十周年之际，云南省作家协会、《边疆文学》编辑部、宁蒗县委宣传部，在蜚声中外的泸沽湖畔召开小凉山诗歌研讨会，我谨代表小凉山诗人群，对研讨会的召开表示热烈的祝贺和衷心的感谢！

二十世纪八十年代，中国诗坛风起云涌，各种风格、各种流派的诗人竞相登台亮相，演绎了中国诗歌史上壮观的一幕。在小凉山这片曾经诞生过《支格阿鲁》《冲格萨甲波》

等英雄史诗的土地上，第一代小凉山诗人，像一股涓涓细流，无声地融入大潮。他们没有旗帜，没有口号，他们用自己独特的嗓音歌唱小凉山，歌唱泸沽湖，歌唱生活在这片土地上的朴实善良的人民。他们的诗不同于吃惯了大米的人的诗，也不同于嚼惯了馍的人的诗。他们的诗有荞粑粑的味道，有苏理玛酒的味道，有猪膘肉的味道。这些诗明显地打上了小凉山和泸沽湖的烙印。他们是小凉山改革开放后的第一代“歌手”，也是这片土地上第一代将自己的情感诉诸笔端的人。他们的出现，结束了小凉山只有口头文学的历史，标志着小凉山从此有了自己的书面文学，意义深远。这一时期的代表诗人是何顺明、拉木·嘎吐萨、殷海涛、和建华、拉玛广漠、汤格·萨甲博、西希、和建全、史寿林等。其中，何顺明、拉木·嘎吐萨、殷海涛三人获得过全国少数民族文学创作骏马奖，拉木·嘎吐萨还获得过庄重文文学奖。特别是普米族诗人何顺明，他获得了第一届全国少数民族文学创作骏马奖，第一次将一个全国性的文学奖与小凉山紧密地联系在一起，在小凉山诗歌史上写下了灿烂的一页。今天，当我们在这里谈论小凉山诗歌的时候，何顺明不幸英年早逝，在今年七月离开了我们，我们在心里默默地怀念他。其他几位诗人如和建华、拉玛广漠、汤格·萨甲博、西希、和建全、史寿林，都获得过其他的文学奖，我在这里就不一一罗列了。对第一代诗人在这片土地上开创性的诗歌写作，我们以诗歌的名义表示敬意！

进入九十年代，特别是新世纪以来，小凉山诗人群以一股强劲的态势冲击中国诗坛。他们的诗发表在《人民文学》

《诗刊》《民族文学》《星星》《诗选刊》《大家》《芙蓉》《诗潮》《绿风》《边疆文学》《作家》《上海文学》《云南日报》等数十家报刊上。在全国少数民族文学创作骏马奖、人民文学奖诗歌奖、华语文学传媒大奖、云南省“四个一批”文学艺术奖、“金石杯”云南省首届文学评论奖、边疆文学奖、云南日报文学奖等众多奖项中，都有小凉山诗人的影子。这是一群勇于攀登诗坛险峰的人。我作为他们中的一员，感到荣幸和骄傲！今天，请允许我在这里向大家简要介绍新世纪以来，在诗坛上耕耘着的新一代我的小凉山诗人朋友们：

彝族诗人阿克·雾宁石根，汉名吉春，云南省作家协会会员，曾在《人民日报》《解放军报》《解放军文艺》《国防文艺》《花城》《星星》《边疆文学》《云南日报》等发表作品。曾获全军诗歌比赛奖，中国“刘三姐诗歌比赛”奖等多项奖。在中国人民大学求过学，做过部队战地记者，在地方上从事过七八个部门的工作，现在是中共宁蒗县委党史研究室的主任及地方志办公室主任。曾经有过这样的事：有几个诗人看到吉春的诗，觉得诗人名字和诗都那么漂亮，一定是个靓女，于是跑去看“她”是个什么模样，结果他们看到是一个五大三粗的男人，只得悄悄溜了。他曾先后出版小说集《青春靓丽》、理论文集《论新闻实践》、报告文学集《风雨春秋》、诗集《山野黄昏》，是一位勤奋高产的作家。他早期的诗带有民歌风味，后期的诗选择熟悉的事物作意象，感情热情奔放，极富感染力。

诗人任尚荣，新疆归来的退伍军人，他与和他同年入伍的军人诗人被人称为“天山派”。曾任企业的党委副书记、纪委书记、人大办副主任，现在是某县工会副主席，云南省作家协会会员。在《云南日报》《春城晚报》《边疆文学》《滇池》《兰州晚报》《攀枝花》《丽江日报》等报刊均发表过诗作，曾获丽江市首届文学艺术奖等奖项。他的诗语言质朴流畅，接近日常口语，可内在有着鲜明的节奏和韵律，诗歌充满激情。在诗人的诗句中，读不到矫饰的字眼，朴素纯洁的诗句在淡雅中透着刚毅。读完一首诗，完美的意境所产生的韵味留驻心中，只有用诗人的诗句来描述才是恰当的，这显示了诗人诗艺的高超。他虽然谈情说爱的经历不多，但他的情诗常让很多女人失眠，个中原因我至今也没有弄明白。

诗人李黑，云南省作家协会会员，是小凉山第一批通过考试获得企业类会计师资格的人中最年轻的那一个。现在是某县财政局总会计师，早年间我在他的手下工作了六年，后来他在我手下工作了六年，扯平了。无论我在他手下工作，还是他在我手下工作，我们都是愉快的，因为我们是真正的诗人。他在《诗歌报》《星星》《绿风》《云南日报》《春城晚报》《边疆文学》《丽江日报》等报刊发表过诗作，曾获云南日报文学奖等。近年来涉猎网络，他的诗经常被设置为“精华帖”。他的诗于细微处着手，选择视野独特，能从人们司空见惯的事物中获得诗的灵感。不追求最先锋的语言表达方式，在质朴淡雅中出人意料地呈现诡谲风格。诗人的诗不拘一格，从手法到诗中哲理，随时变化，把深刻的哲理用浅显的意象表现出来，从中可看到诗人在诗歌艺术上的不断探索。空灵辽远的意境美也是其诗的艺术风格之一。在诗歌道路上，李黑真的“黑”。我们常说“上有李白，下有李黑”，却不见他作何反应，好像真的是这么回事似的。

诗人李永天，云南省作家协会会员，过去是老师，教小学生，现在还是老师，不过改教中学生了。在马绍玺先生和纳张元先生还没有在云南民族大学和大理学院讲授小凉山诗人的诗之前，李永天就在宁蒗大兴中学讲了几回小凉山诗人的诗了。待两位教授开讲，李永天就不怎么讲了。问了一下，说是怕学生迷入诗途，考不上重点学校。诗人李永天曾在《诗刊》《星星》《诗潮》《边疆文学》《云南日报》《春城晚报》《滇池》《文学界》上发表诗歌、评论、小说，曾获《文学界》2005 年“金石杯”评论奖。他是我们中的“多面手”，评论的影响比诗的影响大。他的诗取材广泛，在素雅的意象中往往有出人意料的好句子出现，在平凡的景物中融入深沉的哲理思考，诗歌意象丰富，语言富有张力。

普米族诗人和文平，曾在某县县委党校、中共丽江市委党校任教，现为丽江市社科联副主席。曾在《民族文学》《云南日报》《春城晚报》《丽江日报》上发表诗作，著有诗集《风景树》。曾获云南日报文学奖、云南省报纸副刊好作品奖等。他的诗，拉近了读者与诗人的距离，在通俗易懂中蕴含哲理，在平凡中展示精神的不平凡。他热爱生活着的这个时代，抒真情，抒大感情。同时不忘自己本民族的语言，从本民族语言中唱出民族的尊严、民族的自豪。作为理性十足的社科联副主席，他没有把诗写得像理论一样，也没有把理论写得像诗一样，能让它们各行其道，一如火车的轨道，平行地驶向远方，确实不易。

彝族诗人阿卓务林，现为某县纪委宣教室主任。他是我们的小兄弟，是小凉山诗坛闪烁着光芒的新秀。近年来诗写得较多，已在《诗刊》《大家》《绿风》《边疆文学》《云南日报》《春城晚报》《诗选刊》《丽江日报》等报刊上发表作品。曾获丽江市首届文学艺术奖、“东方杯”全国诗歌大赛铜奖等。在网络世界中比较活跃，一度兼任几个网站的版主。他的诗立足于自己的民族，能从自己民族文化中挖掘出诗意，做到古为今用，许多事物在他的诗中获得艺术生命。诗作语言的铺陈具有厚重感。他的诗句真实朴素，质朴而不简单，透明而不肤浅，在质朴和透明中，显现生存的真谛。

除了上述介绍的诗人，还需要介绍的诗人有杨洪林、彭咏梅、陈南江、吉克木呷、曹翔、佳思阳春、沙玛思井、饶兴才、古如、刘忠友、子海、立夫、杨光龙、姚金林、曹文山、芳天子、石春武、石高明、沙歌、择礼大史、何建国、李士豪、洛篾挪着、马翎、阿泽米·次尔独支、莫冈、务恰、娜金拉木、紫帆等彝族、普米族、汉族、白族、纳西族等民族的诗人。囿于时间关系，不再一一介绍。

从这些介绍中，我们不难看出，小凉山这群诗人已作为一个整体登上了云南文坛。作为亮相的方式，《丽江日报》曾以“小凉山诗页”为专题发了专版；丽江市文联曾为小凉山诗人群专门开过研讨会；云南民族出版社出版了评论家马绍玺教授选编的《小凉山诗人诗选》；《边疆文学》今年第九期又刊发了“小凉山诗人诗歌”，集中推出了他们的作品……《春城晚报》评论道：“这些诗人第一次集体展示他们的文字，也预示着我省另一个新的文学群体的诞生，即小凉山作家群的诞生。这个群体与昆明作家群、昭通作家群和少数民族作家群等稍微有所不同的是，它的创作几乎以纯诗歌的形式出现。这么多诗人出现在一个地方，这在我省是比较独特的，这样的文学群体的凸现，在我省也还是第一次。”

应该说，小凉山诗人群还是取得了一点成绩的，但是这点成绩的取得，除了自身的努力外，我认为更主要的是得益于云南推进建设民族文化强省政策的扶持，得益于云南省作家协会、《边疆文学》编辑部、《丽江日报》副刊部、《玉龙山》等的培养，也得益于丽江市委、市人民政府、市委宣传部、市文联对文学创作的重视。我特别想说的是，还得益于宁蒗县委、县人民政府和县委宣传部的重视和支持。如果没有他们的重视和支持，就不可能有《小凉山诗人诗选》的出版，也不可能有《边疆文学》第九期的专号，小凉山诗人也不可能有集中的展示，我们的研讨会也就少了可探讨的文本。一个穷县，那么重视文学创作，在全省也是不多见的。这种关注，使得宁蒗形成了经济上相对落后，但文化并不落后的局面。这次还与云南省作家协会、《边疆文学》编辑部一道邀请了著名的作家、专家、学者来召开专题研讨会，是难得的远见之举。我想，有这么多的关心和支持，小凉山诗人群一定会茁壮成长。

这次，这么多著名的评论家、作家、诗人汇聚在泸沽湖，共同研讨小凉山诗歌，其中特别让我们感动的是，著名诗人、评论家、云南省作家协会原副主席、《边疆文学》原主编张永权先生，虽然因事没能前来参加研讨会，却寄来了一篇题为《正在崛起的小凉山诗群》的评论，对小凉山诗人群给予了鼓励和鞭策。著名评论家、大理学院文学院院长纳张元教授也寄来了评论。我谨代表小凉山诗人，向他们表示深深的谢意！在这次难得的聚会里，我希望大家本着对诗歌的尊重，多提些批评意见。小凉山诗人群会以这次研讨会为契机，查找自身的不足，向优秀的国内外作家学习，努力写出无愧于这个时代的作品！有人曾说："山不在高，有仙则名。"我想说："山不在高，有诗人则名！"我相信小凉山会成为一座群山之上的山！因为它是一座文化的山！

（原载于2006年9月30日《丽江日报》、2006年《丽江社会科学》"宁蒗县庆特刊"）

哦，那令人醉心和心碎的美丽

童年的事，回想起来，却依稀如昨天的一幕。

那次，母亲不知得的什么病，病得很重。父亲听说吃熊胆好，千方百计弄来了熊胆；听说吃牛黄好，又想方设法找来了牛黄。可是，母亲吃了那些名贵的药均不见好转。于是，在一个早晨，由几个村里人用一个大箩筐抬去百里外的县城治疗。

我清楚地记得那是一个冬天的早晨，天空灰蒙蒙的，似乎要下雪。就在母亲被抬上路的时候，很多乡亲赶来了，他们有的把几个煮熟的鸡蛋装进她的衣袋，有的把还散发着体温的几元钱塞进她的怀里，而更多的人则把心里话热乎乎地掏出来，温暖着早已泪流满面的母亲……

看到那动人的场面，我的眼泪不知不觉涌出了眼眶。在我们焦急的等待中，几个星期过去了，我们无从打探消息，只是在心里默默祈祷她早日康复。

一个傍晚，母亲又被抬了回来。她憔悴不堪，眼睛深深地陷了进去。然而，当她看到我的时候，无精打采的眼一下明亮起来。她叫我坐到她的身边，拿出从城里特意为我买的几本作业本和几支铅笔，抚摸着我的头说："儿子，你要好好读书，将来要听爸爸的话 ……"

听到她这么说，我明白母亲的病可能无法治好了，我滴血的心碎了！

我手里攥着作业本和铅笔，哭泣着说："妈妈，您的病会好的！"

也许是我们的诚意感动了上苍，母亲的命运又有了转折。后来，母亲吃了村里民间医生的一些中草药，病竟奇迹般地好了起来。然而，当初她在面临死神威胁时流露出的母爱，却永远地注入了我的心田。那时，我就知道世上有一种美，只能用心去感应，那就是人间最纯真的情。这种情使我觉得，世上虽有不尽如人意的地方，但毕竟是最美的所在。

哦，那令人醉心和心碎的美丽！

（原载于 1992 年 7 月 30 日《丽江报》）

悲剧的诞生

当我在每个毛孔里注入信念，在那片苍凉的土地上站立起来，与时间进行搏斗的时候，悲剧就诞生了！

前面是汹涌的未来，后面是滔滔的历史，没有选择的余地。在历史与未来之间，我只有站起来，像祖先赤手空拳面对猛兽般，与时间进行殊死较量。

与时间较量，谁曾胜利过？念天地之悠悠，前无古人，后无来者。人的生命是有限的，时间是无限的。有限的生命，不过是无限时间里的一小段而已。然而，有限的生命即便有限，也是生命。无限的时间却无生命可言。无中生有，不过是无限时间中有限的那段生命时间罢了。

因而，与时间较量，是对生命的再认识和升华。在我，与时间较量，虽注定我最终是个失败者，然而，只要我坦诚地向世人显现生命的轨迹，尽管我不一定称得上英雄，但也不失为一个勇者，一个普米英雄冲格萨的后代！

（原载于 1995 年 1 月 31 日《丽江报》）

外　公

我没有见过外公，外公早在我出生之前就在监狱里含冤去世了。我所知道的外公的形象，是从别人的闲谈中得来的。

听老人们讲，我的外公玛雅索朗是个高大强壮、浓眉大眼的人。不知是左眼还是右眼，有只眼睛是萝卜花。他喜爱骑马，只要一出门，就会在那弯曲的山路上撒下一串串悦耳的马铃声……

他脾气古怪，在喊他的两个儿子，也就是我的两个舅舅时，如果他们稍不注意，只答应一声“哈——”的话，那就倒了大霉了——会被外公捆在柱头上，赏一顿鞭子。他会边打边问：“哈什么哈？”无外乎“哈”在摩梭语里是“饭”

的意思罢了。但由于他懂包括摩梭语在内的好几种少数民族语言，神经常过于敏感，所以在他喊人的时候，只有他们用简短而有力的“哎！”答应时，才会讨得外公的喜欢。遗憾的是，我的两个舅舅“哈——”惯了，能想起“哎！”的时候不多。

对我外婆，这个古怪的老头似乎也没有学会如何尊重。据说，只要外婆说话和做事稍不合他的意，他就会用那只还没有花的眼瞪她半天，还不时动动火塘边的火钳。如果仅仅是动动火钳，我就没有必要浪费笔墨了。问题是有的时候，他手里的火钳还会“飞”出去。好在外婆训练有素，能快速躲避。但有几次外婆不知被什么绊住了脚，没能幸免，还是留下了一些疤痕。

外公养有四个子女，两男两女，除了对我母亲和姨妈和善外，对别的家里人他是不太客气的。然而对外人，特别是朋友，他仿佛换了个人似的，不但脾气好，还很大方，甚至舍得割大腿上的肉给朋友吃。对朋友，他是有求必应的。他很爱自己的一匹骏马，总是把它打扮得漂漂亮亮的。可是，在得知一位朋友喜欢他的这匹坐骑时，他没有半点犹豫就送出去了。有一年，一位朋友家里因猪瘟死了年猪，他二话不说，就给他抬去了由两头猪缝合腌制而成的可口的猪膘肉……这样的事多了，外婆总在背地里抱怨他是个“败家子”。

不过，同朋友翻脸的时候，听说还是有的。有一次，在永宁土司家，不知因为什么事，他同朋友争吵起来，结果他从腰间拔出了手枪，在那位朋友的耳边连放了几枪……这在外公的故事中可算是最惊心动魄的一幕了，让人听后不免起一身鸡皮疙瘩。当然，这一切最终在酒杯里释然，在酒里和解了。

别人说的总归是别人说的，我母亲却从没有对我讲过这些。母亲是外公最小的女儿，她偶尔讲到外公，还会泪水涟涟。

母亲说，外公最疼爱的是她和姨妈。每次外出归来，老远见到她俩时，外公就会从马背上跳下来，把她俩抱上马背，高兴地牵着马回家。无论是姨妈十三岁举行“穿裙子”成丁礼，还是母亲十三岁举行“穿裙子”成丁礼，外公都是亲自赶着骡子去遥远的丽江售卖，用卖骡子的钱给她们买漂亮的衣服和精美的首饰，从来没有托过他人。

谈到外公的死，母亲很伤心。她说，外公是被人诬陷进的监狱。他在小凉山最初平叛那阵子，就把自己的枪上缴了，还做了很多有益的工作，劝回了很多不明真相、上山为匪的村民。很快他就成了木底秦沙俄村的积极分子、农民协会主席。然而，在平叛工作结束后，有人说外公吸过鸦片，过去还同土匪交朋友，于是外公就进了监狱，几个月后就在监狱里去世了。

母亲说，外公从来没有做过伤天害理的事，他进监狱进得冤枉，死得也冤枉。她说他死的时候身边没有一个亲人，很可怜。好在当时公安局有个叫朱军如的领导是永宁人，我舅舅认识他，在他的热心帮助下，舅舅同我幺爷爷（一位从拉萨学经回来的喇嘛）将外公火化了，把骨灰带回了老家的罐罐山，算是让外公魂归故里了。

听着母亲的叙述，我的鼻子有些发酸。在我进县城上学、工作之前，母亲是不愿去县城的，因为在那里，她都会伤心地想起死去的外公。我相信她的话是真的，因为至今她还珍藏着当年“穿裙子”时的一些衣物和首饰。而八九年前的那张平反证书和200元的抚恤金（家里人把它全部用在了大嘉勒寺为外公念经超度上），我想是可以证明外公是含冤入狱的。

在相信母亲的同时，我也相信其他老人讲给我听的故事，因为他们没有必要花很长时间去编一个故事来骗我。

从感情上讲，我不知道是该爱还是该恨这个我从来没有见过的古怪老人。我只是想，假如他还活着，说不定会很喜欢我，因为我是他喜爱的幺女儿此里拉姆的大儿子，他——玛雅索朗的外孙。

（原载于1992年第6期《玉龙山》）

飞向北京

我是 1997 年 11 月 14 日上午 11 时接到通知——去北京参加 17 日在人民大会堂举行的第五届全国少数民族文学创作骏马奖颁奖大会的。

北京是祖国的首都。我第一次去北京——以一个获奖者的身份，我对这种方式感到满意。

29 年前的一天，我诞生在一个偏僻的山村。尽管我带给这个世界的第一声是啼哭而不是欢笑，但因我的存在，母亲脸上有了幸福的笑。我是父母的希望。

父母都是目不识丁的山民。山里建了学校后，在我六岁那年，父母就把我送去上学了。十岁我就离家到更远的地方住校学习了，自己煮饭吃，一个星期才回一次家。回想当时住校的情景，我也被自己感动。

上初中时，我的一篇作文被老师在班上念过一回，也就在那时，我明白那一本本的书，是被称作“作家”的人写出来的。我萌生了当作家的愿望，于是，开始练笔。

到了念高中时，我系统地读了些书，最爱的算流沙河先生的《写诗十二课》。投了些稿，虽没有刊发，但收到编辑部的退稿信，我也高兴。

高考时，我成绩不错，只因志愿填报失误，我进了一所中等专业学校，但分数比我还少几分的同学却被一些高等院校录取了。这使我明白正确评估自己非常重要。

我在中专学习的两年，读了若干中外名著，开始在《昆明报》《玉龙山》《原野》等刊物上发表作品。在此期间，还写了首《我们也是骄子》的诗，副标题是契诃夫说的一句话:“小狗不应因大狗的存在而停止吠叫。”

毕业后，我被分配到一个财政部门工作，现在是这个部门的副职。我的几位上司得知我业余时间在搞创作，都非常支持。他们除鼓励我多写作品，还支持我去参加了几次笔会。我开始在《民族文学》《星星》《边疆文学》《滇池》等刊物上发表作品。1990 年，我的诗作《面对山》荣获《云南日报》“南国云”诗歌创作比赛二等奖，有几篇（首）诗文被选入集子。在我 25 岁那年，我成为云南省作家协会的会员。

这次我的一组诗荣获第五届全国少数民族文学创作骏马奖，我没有把它当一回事，也没有不把它当一回事。没有把它当一回事，是因为它已成为过去，而我更注重于现在和未来；没有不把它当一回事，是因为毕竟自己是个获奖的作者，不要让读者一看你写的东西，就觉得不是什么东西。

我是名业余作者，发表的作品不多，只有一百多篇（首）。然而，我的诗文没有无病之呻吟，都出自内心，有感而发。我认为，中国几千年历史，流传至今让人熟悉的诗也就那么几百首，一个诗人一生中能写出一首好诗，就挺不错了。

我至今没有写出一首像样的诗，自己认为过得去的一两首诗，其实没有获过什么奖。

我在业余创作这条路上还会坚持走下去，因为有很多文学前辈给了我鼓励，因为我确实想用笔去抒发自己的所爱、所恨、所思。再一点，就是在读了顾彼得在新中国成立前写的《被遗忘的王国》后，这个俄国人把普米族（还有其他几个民族）说成“没有希望的民族”，这使我的自尊心受到伤害。虽然现在近三万人的普米儿女，凭借他们在各个方面的成就证明了这个民族大有希望，我仍然想通过自己的努力，让人们说：“嘿，这个普米小伙工作不赖，诗也写得不错，看看他，就知道那个俄国人在瞎扯！”

这是我的一点想法。但如同飞机在云层上飞行，最终还得降落在跑道上，我最终还得在实际中努力。

（原载于1998年6月20日《云南日报》）

山　恋

每当黄昏来临，我喜爱独自走向河边，躺在那片草地上，静静地望着远山，陷于沉默的思索。有时，当我想起那些生活在山里的父老兄弟，心里会升起一股说不清道不明的感觉。慢慢地，这种感觉越来越强烈，使我不能自已，欲张开手臂把大山紧紧地搂在怀里，向世界宣布我真挚的所爱。

是的，我爱大山！

我认识山里的一位普通老师，他是我爱山的又一强大精神支柱，因他使我深信：爱山，永远不会成为一种过错。

他的家在迪庆高原。凉山平叛以后，他随第一批来小凉山的人民教师踏上了这片土地。当时，他刚从师范学校毕业，还不满十七岁。然而使人难以想象的是，在选择执教的地方时，他竟选择了一个偏僻的普米山乡！一些上了年纪的人知道他要去的地方是个什么模样——除了赶马人之外，那儿的人几乎不会讲半句汉语，根本无法交流思想，都善意地劝他换个地方。可是，从这位纳西族儿子尚有点稚气的脸上，人们却读到了不可更改的坚毅。

就这样，在人们疑惑的目光下，他开始走向那片飘动着金幡的普米村寨，在人们的惊叹声里，开始同那些山民一道生活、学习。

没有教室，便临时搭起一个棚子；没有桌椅，随便拼凑几块木板；没有适合的教材，便自己临时编写……为了学好普米语，更好地给比自己还要大的学生上课，他不知熬过了多少个不眠之夜。功夫不负有心人，不到两年，他就能用普米语给学生讲课了。由于方法得当，学生们听起课来不再那么吃力了。在他的辛勤努力下，普米村寨终于有了自己第一代的识字人。

弹指一挥间，三十多年过去了，如今他已成了即将退休的人。然而，每当看到那些活泼可爱的山民子弟，看到自己的学生从大学里寄来的信件，看到山里日新月异的变化，以及离学校不远处自己家里升起的那缕炊烟，他——和崇道老师，就会欣慰地望向大山……

他是在对山说——当初，我选择了你，只因你的贫穷落后，愚昧无知吗？

他是在对山说——当初，我选择了你，是因为我知道贫穷落后、愚昧无知不应该是你永久的“专利”吗？

呵，山！你是山民崛起的灵魂，爱你，永远不会成为一种过错！

（原载于 1992 年 12 月 16 日《云南日报》）

月　光

透过薄薄的云，月光柔和地照着大地。小路蜿蜒，嬉闹声不绝于耳。同伴们挽着自己心爱的女人，亲昵地说笑着，走着。我只有看和听的份。不过，我似乎明白他们为什么要走那么远的山路去小镇看电影了。

我说的这个小镇离我们村十里许，美名翠玉。从城里来的车到了这里就要原路返回了，因为这是个死角。好在金沙江在离镇不远的地方温柔地流过，来这里看江的人还不少，小镇也就不那么寂寞。当然，热闹是谈不上的。说到热闹，那还是放电影的晚上，十里八村的人都赶来观看的场面比较热闹，也比较壮观。

通往小镇的路非常崎岖，没有月光的夜晚，不带照明的器具就寸步难行。这样的夜晚，村里的小伙子就算知道放电影，一般也不会去。去看电影必是在有月亮的晚上。通常，小伙们早早就吃了晚饭，然后相约着去，而女孩父母管得紧，想去又怕被责骂，只得眼巴巴望着那些小伙翻过山去。

说心里话，我实在不愿跑那么远的路去看一场电影，不说一路辛苦叫人够受，那些电影我在城里上学时就没少看过，有的甚至看过两遍。可是经不住少年伙伴们的劝说，我还是跟了去。这下倒好，看完电影，他们只顾和离镇不远的那些女孩说着笑着走着，全然忘了我的存在。

我默默地走在他们后面，月亮无声地把柔光倾洒在我们身上。我心底里咒骂着这帮家伙，还怪自己为什么会跟他们一道来看电影，而且还不止一次！

又一个晚上，我发现一个同我一样默默走着的女孩。月光下，她缓缓而行，细长的辫子钟摆一样摆动着。我觉得她是那样妩媚，虽然看不清她的脸，但我能感觉到她的红润；虽然看不清她的眼，但我能感觉到她的黑亮。我觉得“楚楚动人”这个纯属于月光下的形容词，正适合她这样的女孩。身旁的小河轻轻地流淌着，我身上的血液在尽情地奔涌。不知不觉中，我和她走在了一起，不知不觉中，我把手搭在了她的肩上——就在这时，我听女孩说：“大学生也喜欢这样吗？”声音不大，却像电一样击得我目瞪口呆！

我忘记了自己是怎样缩回手的，也忘记了自己怎样逃离那个女孩。一想起她说的话，我就心惊肉跳、欲哭无泪、无地自容，感到一种深深的悲哀。

那个晚上之后，虽然我的少年伙伴们劝过很多回，但我再也没有去小镇看过一场电影了。我甚至没有勇气抬起头来，看一眼挂在高空中的月亮。偶尔想起那句话，我也汗颜。不过，有时我也在想，如果自己当时说“大学生也是人啊！”，那会是什么样呢？真的，那会是什么样呢？

（原载于1998年10月29日《春城晚报》）

在宁蒗民族中学的日子

同学卢堡生打来电话，说今年是我们的母校宁蒗民族中学建校二十五周年，我是母校的骄子之一，他们正在为校庆制作一个专题片，请我接受一下采访，讲几句话。我的这位同学，现在是母校的校长。我推托说出差，婉言谢绝了。我之所以推托，是因为宁蒗民族中学在短短的二十五年时间里，培养了许多优秀的人才，他们中不乏大学教授、物理学博士后，还有其他各行各业的精英人物。我虽然业余写诗，赚得个“诗人”的美誉，挂着个“云南省作家协会副主席”的名号，可自己也不觉得这代表着什么“优秀”，能去讲什么话。我以为这件事搪塞一下就算过去了，没料到一个多月后，又接到胡副校长打来的电话，问我是否已出差回来，说他们还在等我，其他该采访的都采访完毕，只差我了。我一时语塞，来不及多想什么，只得说“好”。我说“好”并不意味着对自己的认可，而是怕他们误解，认为我是在摆什么架子。其实，正常人都不会摆什么架子的，哪个人是了不得的呢？没有。只有被骟了的猪，有时心不甘，还觉得自己了不得，会摆一点架子，为此还讨得我们说它是“架子猪”。

答应了采访，我寻思着面对镜头该讲点什么。这时，在宁蒗民族中学的日子，像暖阳下的雪，悄悄融化开来……

我是 1983 年 9 月走进这所学校的，是这个学校招录的第三届高中生。我们这个班因为有诗人曹翔这样又抽烟又喝酒又谈恋爱的调皮同学，而成为名声不是很好的班级，班主任也换了两个。有的老师甚至说，高三班啥时毕业，他们的头啥时就不疼了。其实我们班的同学，大多数还是遵守纪律、认真学习的。我是我们班的语文科代表，平时的任务是收语文作业交给老师，等作业改完了，又发给同学。平时大多数时间，我都在阅览室里，学校图书室的很多书我都看过。我还从肖树生老师那里借了《诗的技巧》这样的书来看。那时，我已开始投稿，作品虽然没有变成铅字，却基本能变成粉笔字出现在我们班的黑板报上。记忆里，除了老师们孜孜不倦地教我们读书，苦口婆心地教我们做人的道理外，我感受最深的是饿和冷。

有句话叫作“饱汉不知饿汉饥”，确实，没有饿过的人是体味不出饿的滋味的。那时候，我们都在长身体，而且是往上长的时候，不像现在，尽往两边长。我有个同学，在与人打赌的时候，能够一顿吃下十四个馒头。我自己也很想试试，但到毕业也没有找到机会，不过一顿吃下八个肯定没有问题。可是，一般我们早餐只能吃一个馒头，午餐吃两个，我们中的大多数同学都没有钱买更多的馒头吃。由此可见“需要”和“可能”的差距。不难想象眼冒的金星里也有馒头样的我们是多么的饿。通常，吃馒头的时候，我们是一小点一小点掰着吃的，我们不敢捏，一搓成条状，就只有两口了。两个馒头下肚，一点感觉也没有，吃了就跟没吃一样，于是我们就拼命地喝汤，用汤来填充还饿着的肚子。由馒头，我还发现了一个秘密：有天早上，我在前排的书桌里找擦桌布，手一摸进去，有个东西碰在手上。我仔细地摸了一下，原来是个还在冒着热气的馒头！从那以后，我发现有一个女同学，每天早上都会悄悄地往我们班这位脸上不时冒出几颗青春痘的大个子的书桌里塞一个馒头。而我，有事无事都会把手伸进去摸一下。我多么希望我的书桌里也能碰到个热乎乎的东西，可是三年过去了，什么也没有。有一次，我见那位女同学又把馒头放进去了，我差点把它拿来吃了。可是我还是忍住了，最后很不“阳光”地捏了它一下。我看见大个子来了后，悄悄把馒头吃了，嗝也没打一下……

说到冷，小凉山的冬天是很冷的。虽然学校给每个人发了件衣服，但我们的衣服还是很单薄。建在高坡上的学校还没有围墙，附近村子的牲畜大模大样地从我们的操场上走过。四面八方而来的风用一把把小刀剔着我们骨头上的肉。很多人的耳朵、脚都生冻疮了，一热就出奇地痒。有一次冷得受不了了，我便在沟边拣了些干柴烧火烤。我把自己冻僵了的脚从鞋子里抽出来烤火，脚是麻木的，半天没有反应。等脚有了点暖意，甚至脚底板有点痒的时候，我用手一抓，才发现袜子底部整块都被烤煳了，变成了一把灰……

从我毕业到现在，化用诗人毛泽东的一句话，叫作“二十年过去，弹指一挥间！”现在，宁蒗民族中学无论是校园的建设、办学的规模，还是师生的质量等，各方面的条件与我们那时候都不能同日而语了。我们那时候，除了少数像曹翔、“大个子”一样，既能吃到女同学送的馒头，又能抽到初中部女生送的烟，偶尔还去约会，有滋有味地毕业的人以外，大部分的人是像我一样艰辛过来的。不过，曹翔没能考上大学，这多少给了我们一点快意，总不能什么好事都被他碰上吧？至于他后来成为诗人，写出“小鸟，背着天空飞翔”这样让我吃了一惊的诗，那是另外一回事了。而我，因填报志愿的关系，最终去读了一所粮食学校，招致曹翔奚落，说我是为了馒头去读那个学校的。对此，我一笑了之，不跟他计较。很多该计较的事都没有时间和精力去计较了，还计较这样的事干吗呢？都过去了，也不想再去回味了。这次，如果不是接受采访，我也不愿想起那些饿和冷。可是，在我真正面对镜头时，不知怎么的，我竟然说：“我是宁蒗民族中学高三班的学生，1983 年到 1986 年，我在那里度过了三年美好的时光……”

没办法，在这个世俗的世界里，我也未能免俗。好在我还能用文字净化自己的心灵，拯救自己的灵魂。

（原载于 2007 年第 8 期《民族文学》）

卡　巴

小凉山彝族，热情好客，为了招待客人而杀猪宰羊，甚至宰牛，是经常的事。为了吃好“这一顿”，他们很少去考虑“下一顿”。从过日子要精打细算的角度看，别人会觉得他们不是很会过日子。可是不能否认的是，他们有时会把某个日子过得热热烈烈、红红火火，那个日子就是亲朋好友来了的时候。

在那个日子里，主人家会把所有好的东西都贡献出来与大家分享。村里的男女老少只要来了，都有份。即便是喝汤，大家也都有一口。通常是待客人在火塘边坐定，主人家商量好用什么招待客人后，年轻人就出去了。不一会儿，年轻人就会把猪或羊拉来，当着客人的面，把它放倒，之后宰杀。这不外乎“告知”你这个客人，这猪、羊是招待你的，不是病死或因其他什么原因而死的。当然，这种“告知”也就是一个形式，没什么别的意思。

当然，作为客人，如果你懂得他们的风俗和规矩，走的时候要表示点心意，这点心意就谓之“卡巴”。

我参加工作不久，就被派去烂泥箐乡马金子行政村当农村社会主义思想教育工作队的队员。我们的工作对象是村民，所以要经常到村里去。一次，当村长阿西与我去下乡时，我把仅有的100多元钱和10斤粮票全带上了。因为我知道我俩要去的村寨都是彝族村寨，到时候说不定要给点“卡巴”。

说到给“卡巴”，还是有讲究的。在我们果流，在那个还没有多少人是“万元户”的年代，曾经有个做木材生意的老板，就因为一点“卡巴”的事同村里其他人闹得不愉快。有一次，不知谁家出嫁的女儿背着酒、拉着羊回娘家，要孝敬一下老人（彝族谓之“克里木火”），村里有头有脸的人都被请去了。酒席过后，大家都要给来孝敬的姑娘家表示一下。木材老板有钱，给了100元，其他人只拿得出几元钱，觉得没有面子，就故意借着酒劲装醉，找木材老板的岔子。所以，很多人在一起时，要相互顾及着点。“卡巴”不是钱多钱少的问题，当然，你能给得多的话，也是你的面子大。只是给的时候，最好悄悄地给。

那时，阿西和我的工资都很低，他的工资只有几十元钱，我的也只有100多元钱。下乡是没有补助的。我同阿西身上的钱加起来也就200多元，我俩估算了一下行程，估计着这一路怎么花这点钱。我知道，阿西是本地人，也就是“主人”，主人家一般要宰杀什么招待客人，都不会跟客人说是宰杀给他吃的。主人家只会说是我这个客人从来没有到过他们家，所以很难得，要宰只羊或别的什么招待一下。这个“皮”肯定会让我背。当然，表示“卡巴”，在我看来也就是义不容辞的事了。

我俩商量了一下，如果杀猪、宰羊的话，“卡巴”就给50元，杀鸡的话就给10元。这个标准在当时来说应该还是可以的，因为那时买只羯羊也就50元左右。

所有的一切都在按我俩的设想发展。我们边工作，边享受着美味，边“玩”着“卡巴”。只是没有料到的是，有户人家杀了两只鸡给我们吃。我知道规矩，这是表示“四只脚”，相当于一只羊的意思，我俩也就给了50元的“卡巴”。

几天下来，阿西身上的钱掏光了。本来是宰给我吃的，也变成宰给他吃的了，我的事也变成了他的事。最后，我身上只剩下12元钱，10斤粮票。可是，还有一个村的工作没有做，这就意味着我俩的“卡巴”捉襟见肘，不可能“玩”大了。

按计划，本来那天我俩要赶到最后一个村的，可是走到中途，大雨就下个不停，我俩没有带雨具，没几下就全淋湿了。黄泥巴的山路，雨后变得更滑。我俩踉踉跄跄走在雨里，滑倒了爬起来再走，非常狼狈。最后我俩只能留宿在半路上的一户人家里。这户人家是单家独户，离大村子还有约5公里，男主人是副村长，那户人家又给我俩宰了只羊。睡觉前我俩出去方便，我说：“我俩只有12元钱和10斤粮票了，怎么办？

全给了还是怎么着？”阿西说：“全给了，我俩明天就没有‘卡巴’了，而我俩明天要去的这个村，村长家有50多只羊，光羯羊就有10多只，肯定还会宰一只，总得给点‘卡巴’吧？”他接着说：“干脆给这家12元钱，10斤粮票留着，到时给村长家。”我说：“这好意思吗？”他说：“没有办法了，只能这样。”

第二天早晨，我们在火塘上烤了些吃剩的羊肉，喝了茶，继续启程。临行前，我支支吾吾地说了些话，大意是我俩一路走来，所带盘缠不多了，到现在是荞面不多了，荞粑粑也不厚了，这点“意思”嘛，我也真的不好意思了，给女主人买顶罗锅帽戴戴吧。我是用彝语说的，是学我们那里的老人们的话说的。主人家一开始不收，阿西在旁边劝说了一下，女主人才收下。

我们走时，男主人与我们一同前往，参加会议。我们到达目的地的大村子时，很多人都出去劳动了，只得派人去地里喊。会议就在村长家的院坝召开。我俩照例传达一下上级的精神，并对如何做好工作提了要求。

开完会，村长把我俩请进家里，我想到兜里只有10斤粮票，汗就不住地往外冒。我想村长可能要说话了，他可能要说：“娃儿们！把那只大羯羊拉来招待一下客人！”接下来——哎，这怎么办才好啊？我有点如坐针毡，看看阿西，他把手放在膝盖上，不动声色地坐着。在我胡思乱想的当头，我听到村长真的发话了，他说：“真不凑巧，不知道你们来，羊子都撵到山上去放了，只得煮一锅洋芋吃了！”

听到他这么说，我长长地舒了一口气。

吃着洋芋的时候，我悄悄地看了阿西一眼。他有只眼睛不太好，我发现他的另一只眼也在悄悄看我。想起昨晚上我俩的对话，我差点笑出声来，惹得他瞪了我一眼。

我俩回村公所之前，知道那个副村长还没有走，就把他单独叫到一边，把那10斤粮票又拿给他了。他有点奇怪地看着我俩。当然，我俩也不好意思说出原委，只是说，我们工作结束了，这些我们带回去没有多少用，让他拿去用。副村长高兴地收起了粮票。至此，我俩把身上所有的钱和粮票都花光了！

回村公所的路上，两个穷光蛋说着，笑着，走着。

我说："这次我俩还搞了一出后补'卡巴'的事，这个事世界上可能只有我俩才做过吧？"阿西说："说不定真的只有我俩呢！我俩是世界第一！"为这个"第一"，我俩有点沾沾自喜，还相互击了下掌。

我又说："阿西啊，前面有一天晚上，有家人的动静有点大呢。"阿西说："我还以为你睡着了呢，原来你没有睡着啊！"我说："在那种情况下，没有睡着也只能装睡着啊，不然，能咋个的？"

阿西哈哈笑起来，我也忍不住哈哈大笑起来——随着我俩欢快的笑声，不时有鸟儿从路边的树丛飞起来……

（原载于2018年第5期《滇池》）

遭遇地震

谁也没想到，在这样平常的一天傍晚的七点十四分——大多数中国人会端坐在电视机前观看《新闻联播》的时候，一条特大新闻正在古城丽江地层下酝酿着。

我隐隐地听到一种响声，由远而近。我发现大地在轻微地颤动（还以为是离我不远的马路上开过了一辆压路车呢），还没真正弄明白是什么，大地就发了疯似的狠命地震动起来。我知道是地震了。知道是地震后我就有些站不住脚了，情急之下，我和身边的同事搂在一起，分开两腿站立着。水池里的水被惯性抛出水池，向我们泼来。我的耳边听到玻璃和瓷砖“哗哗”落地的声音。我眼睛盯着身边一幢新修的楼房，心想着什么时候这幢楼会轰然倒塌在我的眼前。如果这幢楼真的倒下来，我所站的位置肯定是被彻底覆盖了。然而，我想到的只是这幢楼什么时候会倒塌下来，好像倒下来也只会倒在我的脚前，而不会砸在我的身上。我想，如果这幢楼倒下来，我和同事要往右侧跑，即便跑不动，也要向右侧那块草地跃去……

眼有些花，即便楼房倒下，也无力跃了，除非靠求生的本能。

还好，地震终于过去了，楼房最终也没有倒下来。我回过神来，看见被震出池子的水正在脚下漫流，很快就消失在开裂的地缝中。我的裤脚也湿了。

全城一片死寂，黑龙潭上空尘烟滚滚。看到那些树、房子、稀疏的电线，我想到了“落寞”这个词。这一刻，这座古城真的陷入落寞了。

过了一会儿，一辆辆消防车、救护车、军车响着警报向西开去，我这才想到问题可能严重了，于是急忙奔向房间。停电的房里什么也看不见，只闻到一股酒香，我知道床头柜上的那瓶泸沽湖清酒“报销”了。用手一摸，周涛先生的那本《游牧长城》已被酒浸湿。再往床上摸去，满床皆是巴掌大的墙土。电视机也震翻了，好在没烂。想到还有余震，我顾不了其他的，披上风衣就走。

首先想到的是一同去开会的几位女同事，看见她们灰扑扑地从房里奔出来，我心里却有说不出的高兴。接下来沿小道去几位老乡家，见他们都安然无恙，心里又是一喜。一家家去看是不可能了，见着熟人就问其他熟人的情况，得知没事，压在心上的石头才一块块落了下来。

然而，落下的石头随着广播里播出的伤亡人数的增加，又压在了我的心上。我虽与那些不幸遇难的人素昧平生，然而当我站在他们——那些父母、那些子女、那些亲属、那些邻居、那些朋友的角度一想的时候，我还是不能自已。

人死不能复生，在这样的灾难面前，人没有选择的余地。生或死，大自然说了算。

离开丽江好多天了，我依然沉浸在无以名状的悲哀之中，我感受到了宿命，感受到在这样的自然灾害面前，人的生命是那么脆弱。我想，正因为生命的脆弱，才显现出生的珍贵吧！

“大难不死，必有后福。”作为这场灾难的见证人和幸存者，我不想什么“后福”，我只是真切地感到，大难不死，是应该有所作为的，不为生者，而是为那些无辜的亡灵。

（原载于1996年6月11日《春城晚报》）

扛着摄像机写作的人

——记阿昌族作家曹先强

1993 年 10 月，我参加了《边疆文学》在海埂举办的一次笔会。笔会期间，云南电视台对几位作者进行了专题采访。当一个体格健壮、相貌英俊、气宇轩昂的男人把镜头对准我时，我有点紧张，反复拍摄了两次才过关。拍完后，那个男人很友善地走过来拍着我的肩膀，问我是不是第一次面对镜头。我说是。他说今后再拍的时候就不会再紧张了，俨然一副大哥哥的样子。有人告诉我，这个男人就是阿昌族青年作家曹先强，我有些吃惊。在这之前，曹先强的作品我就读过不少，原以为他是个中年汉子，没想到这么年轻！

那以后，我开始进一步关注和了解曹先强。1961 年 7 月，曹先强出生在一个叫关章的阿昌族山寨。13 岁的他就开始捧着一部部小说读，做着稚嫩的文学梦了。他在 15 岁的时候，写的文章就通过县广播站播音员甜美的嗓音，飞向一个个阿昌族山寨。19 岁的时候，他的文学作品出现在公开发行的报刊上。在中央民族学院深造的几年，为他的创作打下了良好的基础。

曹先强是个写作上的“多面手”，散文、诗歌、小说、报告文学、评论、剧本，他都有所涉猎，且有建树。由他撰稿的节目《神骏金凤吉祥年》，荣获 1991 年的“飞天奖”；为纪念毛泽东同志《在延安文艺座谈会上的讲话》发表 50 周年，由他编剧并导演的《五月彩虹》，获全国省级电视台文艺节目银奖；在纪念毛泽东 100 周年诞辰时，他的电视作品《拥抱新世纪》又获得省政府的奖励。他在电视事业上取得突出成绩，被破格晋升为主任编辑。

此外，他的文学作品也曾获《人民日报》征文奖、全国少数民族文学创作骏马奖，在云南省的“边疆文学奖”获奖名单中，曹先强两度榜上有名。

曹先强的身上时常散发出一种来自遥远阿昌山寨的泥土气息，那种气息也弥漫在他的作品中。这使我觉得，阿昌族不仅有著名的“阿昌刀”，还有一种与刀无关的、更为重要的东西——自己的作家。这无疑展示出一个民族的飞跃，曹先强正是促成这种飞跃的一员干将。

曹先强现在搞策划，搞组织协调，还制作电视节目，算是个大忙人了。你随手打开云南电视台，说不定都可以看到他制作的比较不错的节目，不过很难看到他的身影——这也难怪，他是电视节目制作的幕后人。然而，就如同很多成名的作家一样，那些像曹先强这样的使作家成名的编辑也应该赢得尊敬和爱戴。

（原载于1998年9月24日《春城晚报》）

破费了一根火柴

那个冬天的正午，我已记不起来天空是晴朗，还是灰蒙蒙的了。吃过午饭，在这个美丽城市做短期业务培训的我，走进了书店。我对书店有种特殊的感情，只要是书店，都要进去逛逛。那天，我走进了这个城市最大的书店。我用目光扫描着一本本书，像看着一个个熟悉或陌生的人。最后，我选了几本书，付了款，在拿着单子取书时，看见了她。

我现在记不起来的，还有那天她穿着什么衣服。当我把单子拿给她时，她在书后盖了章递给我，看着我笑了一下。我一下惊呆了：她的微笑是那样美丽！在那之前，我似乎没有发现哪一个女孩笑起来这么好看。我觉得一个心灵不美的人，是不会有那样的微笑的。你看，她还有酒窝呐！

走出书店后，我眼前总浮现出她的笑容。她留着短发，鹅蛋脸，鼻子小巧，像用手工做上去似的。她微微一笑，露出珍珠一样的白牙，有点日本早期影星山口百惠的味道。

从那天起，我每天中午都泡在书店。我没有钱买很多的书，就买画报——便宜得只要几角钱的画报，一天一张。每次从她的手中接过画报，我都能看到她的微笑。连续买了十来张画报后，我装作翻书，悄悄看了她一眼。不看还好，一看，她的目光和我的目光便无声地接在一起了，我心里的一盏灯亮了，我震颤了一下。

离书店不远有个电影院，我急忙跑去买了两张电影票。我又买了一张画报，递单子时，把电影票一并递了过去。她发现了不对劲，用手轻轻一搓，搓出单子下的那张电影票。她没说什么，同单子一并放进抽屉了。

电影院里的灯光有些昏暗，我早早就在座位上等候着，寻思着她是否会来。也许她不会来——如果是这样，也没什么，本来人家就不认识我，而且这种可能性还挺大；也许她会来——万一来了，说些什么呢？我有点紧张起来。周围的人在陆续入座，有时我还不得不站起来，让他们从面前挤过去，但我旁边的位子还空着。我想她不来也好，来了，还真不知道该说什么好！

时间在一分一秒地过去，电影就要放映了。当我觉得她已不可能来了的时候，听到旁边一个声音在问这里是某排某座吗。我借着微光，看见是她，还领着个女同伴。我急忙站起来说是，可她没有入座，问了这声就走了。我以为她会很快回来。然而，正式放映的时候，没有来；电影放到一半的时候，没有来；放映完毕，银幕上出现“再见”字样，电影院里的灯亮了，人们都站起来向外走的时候，她还是没有来。我感到莫名其妙，十多年后的现在，也还是觉得莫名其妙。

第二天，我又去了书店，这次还带了一封信——我给她写的一封信。我不知道她叫什么名字，直接就以“你好”开头。那天她不在平日上班的柜台，在另一个地方。我把信放在她前面的桌上，说这是给她的信，就去看书了。看了一会儿书，我准备去上课。临走的时候，看了一下放信的地方，那封信还孤零零地放在原处。我脸有些发热，急忙奔过去，捡起信塞进裤兜里。一个店员以为我拿了什么，盘问起我来。我一气，嗓门就高了：“什么东西？我写给她的信！想看看吗？”说话时我还指了指她。店员看了看我，又看了看她，不吭声了。

十多天的培训很快就结束了，回去前，我把一项打听她名字的任务交给在这个城市工作的一位朋友。为了保证准确无误，我还领朋友去书店看了她。朋友是近视眼，他让我站在远处，然后摘下眼镜，夸张地哈了几口气，擦净后戴上，猫着腰走到她的柜台前，盯了她好一会儿，看得她有点不知所措。他慢条斯理地对我说：“除了个子，其他的看上去马马虎虎，配我嘛，差一点，配你嘛，则是绰绰有余的，只是不知良心如何。”我说良心肯定好，看她笑的时候那样美丽，良心坏的人是笑不出来的。他说：“你真是幼稚！不过，你交给我的任务保证完成。”

朋友说话算话，我回去后没多久，就接到了他的电话。他在电话中不但告诉我她的姓名、年龄，就连她毕业的学校、专业、家庭状况都搞得一清二楚。我说不要了解那么多，只要知道名字就行了。他又教育了我一顿："我的兄弟，我怎盘说你好呢？你又不是和一个微笑、一个名字过日子啊！你是和一个人过日子！长点知识吧，多了解没有坏处的。"

知道了她的名字后，我随便写了几句话，说明这封信是那次我放在她桌上的那封信，现在原件寄给她，希望她看看。那个年代就是这样，没有手机，没有"伊妹儿"，只能写信。

在焦急的等待中，我等来了一记闷棍。她在回信中说，她不曾记得对我微笑，不记得我这个人，更不知道什么电影票，在她的生命中绝对不会发生一见钟情的事。

看了她的回信，我哑然了，全然说无，是我在做梦吗？为什么天使会说出魔鬼的话？我静静地坐了好一会儿，简短地回了封信，信末附了首诗：

也许，那封信
连同我的纯真
早已化为一缕轻烟
淡淡地飘去……
如果那是真的
那不是你的错
错的是我轻易地让你
破费了一根火柴

我不知道她看了这首诗是什么感觉，但我写这首诗的时候，有点伤痛。我猜想着她看了信后，会从火柴盒里拿出一根火柴，一划，火光一闪便燃起来。她的左手拿着信，右手拿燃着的火柴一点，信就快速燃烧着，还差一点烫伤她的手。不一会儿，没烧完的一点纸同黑色的灰烬就落在地上。

是不是我猜想的这样呢？我想应该是的，我从她回信的语气里就体味到了。写出这首有点自嘲意味的诗后，多少缓解了我的一点胸闷。我对自己说：为爱而受到打击是活该的！真的活该！

那以后，我从江东偶尔到这个城市，从书店旁经过的时候，还会想起那个微笑的她；而想到她的回信，我有种说不出的感觉。看到镜中随岁月变化着的自己，我不想走进那个书店，一些曾貌若天仙的人，几年不见已惨不忍睹，我怕她也会如此。那多少会让我叹息一声，哀伤青春之匆匆！

然而，有些事你越怕就越会发生。在重新修建那个书店那年，我在一个窄小的门市里觅到了她。她穿着灰色的女式西装，戴着袖套，又是拿书，又是找零钱，旁边站着个约莫五岁的脏兮兮的孩子。孩子在哭。一张小桌上放着一大碗米线。忙了一阵，她把孩子哄乖了，给他擦了下鼻涕，然后夹米线喂他，自己也在吃。她的脸不再是红扑扑的了，也看不到她的微笑了。她可能没有认出我来，或许根本就不存在“认识”的问题，看到我时一脸漠然，记忆里关于我的事似乎都是空白的。

我在门市里找了几本书，想起第一次看见她的情景。我希望她把书递给我时，能对我笑一下。可惜没有，她连看都没看我一眼。我对她的孩子笑了笑，点了点头。我惊奇地看到原先还哭着的那张脸，有了阳光般灿烂的笑容。我突然发现，多年前那个正午，她曾经的微笑，挂在孩子纯真的脸上了。那一刻，对这个脏兮兮的小男孩，我忽然有了种父亲般的爱怜。

（原载于2007年第8期《民族文学》）

心　弦

黑星星

远离掌声，总不能悬起人们目光的是黑星星。

无所谓寂寞，无所谓孤独。沿自己的轨迹，不停地旋转着改变自己，完善自己。

如果群星灿烂的时候，你能发现黑星星，呵，朋友，那光芒来自你心灵的眼！

心弦

一

我诞生的时候，也诞生了一位纯朴善良的母亲。我赤条条地来到这个世界，除了那声啼哭之外，我一无所有。然而，从母亲诞生的那一刻起，我就开始获得博大的母爱了。

还有什么比这更富有的呢?

二

我降临到这个世界，只因母亲的希望。尽管我最初带给母亲的是哭泣而不是欢笑，但因我的存在，母亲的希望真实而美丽。

为了不让太多的失望牵出母亲长长的忧伤，我沉着而坚定地走着母亲没有走过的路……

“路漫漫其修远兮，吾将上下而求索。”

无名河

流！流！流！

只有流，才有生命。不能流过山巅，就巧妙地把大山弃于身后，欢唱着向大海奔流！

流！流！流！

只有流，生命才有价值。尽管可能流失在沙漠，也要悲壮地让流之歌，流进沙漠的心！

呵，流！有源地流！滚滚地流！流成大江，让巨轮从胸膛上驶过……

足音

就这样，我躺成沙滩。

也许，人们说那是为了感受时光怎样从身边流逝，一如那条被冬季吟瘦了的河；

也许，人们说那是换一种角度看看蓝天、流云，让过去重现在天宇上；

也许，人们说那是为了让淘气的孩子翻几个跟斗，随意写下几个字，让你捕捉自己的童年；

……

其实，我躺成沙滩，那仅仅是为了等待你踏来的足音……

（原载于1991年春《玉龙山》）

白浩的魅力

白浩是《丽江日报》副刊部的资深编辑。说“资深”，是因为他从云南民族大学中文系毕业后，被分配至《丽江日报》副刊部工作，乐此不疲地一干就是20多年！想想，人的一生能有多少个20年啊?！这么一想，就觉得他为人做“嫁衣”20余载，真的不容易，非常了不起！他本人从老同事口中的编辑“小白”，慢慢变为作者口中具有高级职称的编辑“白老师”、参加会议时介绍的副刊部“白主任”，称呼的变化说明了“资”是怎么一步一步变“深”的。我因给《丽江日报》副刊写稿，有缘与他相识、相知、相交。我将这种缘称为“善缘”，倍加珍惜。我有位朋友长期自费订阅《丽江日报》，有一次他对我说，他是为了看副刊才订这份报纸的。遗憾的是，他拿到报纸时，副刊常常被人抽走了。他曾专门叮嘱过门卫室的人，但顺手牵“报”的事还是屡屡发生。由此可见，喜欢副刊的大有人在。我想，这与副刊创刊以来历任编辑一贯的努力是分不开的，这自然包含着白浩的辛勤付出和努力耕耘。他是一位非常敬业的优秀编辑，经他手编辑的文章多次在业内获奖。他也因此赢得了广泛的赞誉。

在做好编辑工作的同时，白浩其实也是个可称为“多面手”的作家。准确地说，在我还没有见到他本人之前，就曾看过他不少的杂文、散文、评论。他的杂文有感而发，言之有物，有的放矢，让人过目不忘；他的散文，亲切自然，不显山露水，自得风流；他的评论有理有据，处处蕴藉着他丰厚的学识和独到的见解；他作品里不经意间流露出来的幽默，总是让人忍俊不禁，会心一笑。有一次，在同朋友聊天时谈到白浩，我说他的文章写得不错，很值得一看，他编的副刊也不赖，不同的读者都可以各取所需，得到滋养。他们告诉我，白浩同我一样，是个挺能喝酒的人。我心想，终于有个酒友了，什么时候见了，一定好好喝上几杯。

那次聊天后不久，在黑龙潭公园旁的一次聚会上，我同白浩“历史性”地见面了！我一看，眼前这位纳西汉子，高大魁梧，一身浩然正气，头发浓密，眼大有神，还有一对酒窝。见了他我才发现，其实酒窝长在男人脸上也是蛮好看的。有对酒窝的男人一看就面善，再坏也坏不到哪里去。我与他一见如故。我对他说，今天咱俩好好喝几杯。他说他有段时间没有喝酒了，什么时候状态好了再喝吧，喝酒的事是不能随意的。我虽然有点意外，但没有勉强。不过，一见他我就喜欢他，觉得他是我失散多年的一个兄弟。我当即说好，下次喝。

自然，那以后我俩就真的喝上了，有几次用的还是大碗。有一年冬天，白浩家杀年猪，请几位朋友去做客。在他家别致的院子里，吃着“我们的”母亲做的丰盛的年猪饭，用大碗喝酒，从中午喝到月亮爬上山头，一大波人都喝倒了。还有一次，我们尊敬的一位长辈来丽江，我俩一高兴，喝得天昏地暗，找不到北。第二天白浩打电话给我，劝我少喝点酒。挂了电话后，我沉默了好久，内心充满了感动。过去是我劝他少喝酒，现在是他劝我少喝酒，情况发生了微妙的变化。他的话我是听进去了的，那以后，我就不敢再多喝酒了，我们之间也不再以喝酒为乐了。我想，兄弟就是这样的一种关系吧，不遮遮掩掩，有一说一，直截了当，坦坦荡荡。有这样的兄弟多好！

在中国佛教协会副会长东宝仲巴活佛的支持下，我曾同白浩共同策划，组织丽江文艺家走进丽江寺庙、感受丽江多元文化的活动。那次我才发现，他其实是个很细心的人，每个环节他都会去认真梳理，很多事亲力亲为，让人感到温暖亲切。

作为编辑的白浩是忙碌的，但他从来没有停下思考和写作。特别是他去鲁迅文学院参加少数民族作家培训班之后，作品大有井喷态势。由中国作家协会副主席、全国政协常委白庚胜先生主编的“纳西族现当代作家作品选集”，选录了近四十位纳西族作家的作品，其中就有《白浩作品选集》。这套作品出版后，获得了广泛的好评，这激发了白浩很大的创作激情和动力。

现在，他又要出版第二部作品集，作为他的文友，这是非常值得向他祝贺的事。他把文稿传给我，希望我随便写点什么，说是作为“序言”，我只得应承下来。我纵然有很多理由，但没有一个可以拿来拒绝他，因为他是我的酒友、文友、挚友，一个很有魅力的人。

我说白浩是一个很有魅力的人，在于他的“真”。他是个对工作认真负责，对朋友很真诚的人。他不伪饰，看不惯的人和事，都会直接点明。这种不圆滑的待人处事方式，可能不一定讨某些人喜欢，却多了些简单和纯粹，也能让与他相交的人感到轻松舒适。这种真，作用在作品里，就是真诚面对自己的内心，真诚面对读者，真诚面对文字。这样的作品自然有一股力透纸背、直达人心的力量。

我说白浩是一个很有魅力的人，在于他的“善”。在魁梧高大看似强硬的外表下，白浩其实有一颗悲天悯人的心，一颗善良地对待自然万物的心，一颗同情弱者的心。这使得他的作品多了些人性的温暖，多了些思想，也充满着人文的关怀和对社会的关切。

我说白浩是一个很有魅力的人，还在于他的“美”。其实，一个真诚、善良的人，必定是个高尚的人，一个脱离了低级趣味的“美”的人。白浩的“美”，还在于他的风趣、幽默、智慧。这些作用在作品里，使其作品耐人寻味，让人爱不释手。

说到底，白浩其人可交，其文可赏，我喜欢！

（原载于2018年5月13日《丽江日报》）

向《诗经》学习

不久前的一个晚上，我正在丽江与朋友聚会，接到张志刚的电话，因比较嘈杂，我没有听清他说了什么。出来接听，才听清楚他问我有没有时间参加国际诗酒文化大会第六届中国酒城·泸州老窖文化艺术周的活动。我一听是邀请喝酒的，便愉快地答应下来。来之前，我接到会务组的短信，说要参加论坛，才明白这酒不是随便喝的，要喝得讲究，还要论道。当然，这个“道”，是“诗道”，而且还给了个题目：“从尹吉甫、《诗经》到二十一世纪诗歌创作”。

题目有点大，好在短信后面有提示：发言时间五分钟左右。这下我乐了——五分钟，像我这样说普通话比较拗口的人，还得先将汉语输入大脑——从里面转化——变一下声调——再从口里冒出来，不需要说多少话，五分钟就过去了。我急忙回复：好。这是我来参加这次活动的一个插曲。

其实，很多古人，从来不讲很多话。譬如孔子，他有时几天也不说一句话，偶尔才冒出那么一句“君子坦荡荡，小人长戚戚”。弟子们一听，马上给他记下来。再过一段时间，他又冒出几句：“三人行，必有我师焉。择其善者而从之，其不善者而改之。”“学而不厌，诲人不倦。”弟子们一听，高兴极了，马上又给他记下来。《论语》中的很多作品，就是这样记录下来的。

当然，我一个俗人，不能和圣人比，但少说不会错。

众所周知，《诗经》是中国第一部诗歌总集，然而，即便是众所周知的事情，稍不注意，结果也会翻转。因为，在相当长的一个时期里，《诗经》是由孔子编纂整理的这件事众所周知，至今，绝大多数的人都这样认为。因此从这个意义上来说，这个“众所周知”，依然还是成立的。但是逐渐地，情况也会发生变化，我们慢慢地知道，尹吉甫这样一个陌生人才是《诗经》的主要搜集者和编纂者，还被誉为“中华诗祖”。这，依然是一小部分人之间达成的共识。

由此，我想到一个词：遮蔽。

如果追溯中国诗歌的源头，最终都会追溯到《诗经》，自然地会追溯到孔子，然后才会想到尹吉甫。这时候，事实上孔子对尹吉甫形成了一种遮蔽。这种遮蔽非常有意思，且值得我们玩味。同样的道理，马克思会对同时代的思想家形成一种遮蔽，鲁迅会对同时代的作家形成一种遮蔽。由此进一步拓展开去，在客观事实上，人口较多的族群会对人口较少的族群形成一种遮蔽，书面的诗歌会对口传诗歌形成一种遮蔽。所以，在今天这样一个需要守正创新的时代，明白我们诗歌的源头在哪里，或许才能更好地为诗歌发展找到合适的路径。

作为诗人，作为现代人，有时候对我们关注的事物对象的某个从属特性、某个侧面进行审视与凸显，往往会产生一种奇妙的效果。

《诗经》流传了两千多年，滋养了楚辞、汉赋、唐诗、宋词、元曲、明清小说，也润泽着当代诗歌。《诗经》一路走来，影响一路壮大。它之所以有着这样伟大的影响，除了它是第一部诗歌总集，创造了从无到有的历史之外，它涉及爱情、民俗、农事、战争等社会各方面的丰富内容，表现手法上的赋、比、兴，语言上的优美精练，都是它至今被传颂的原因。同时，它作为中华民族上古时期的民歌集成，在与酒结合在一起，与陶渊明、李白等人的诗歌结合在一起之后，形成了连绵不绝的中华诗酒文化。这种诗酒文化，在课本里很少见到，但却时时出现在我们的日常生活里，与我们不期而遇。在今天，在泸州，吉狄马加遇到了酒，阿来遇到了酒，我这个普米族诗人遇到了酒，这是多么让人高兴的事！彝族、藏族和普米族，都是喜欢喝酒的民族，我们很多诗人都是从小被酒“泡”大的，诗歌和酒，就像我们感受世界的两只眼睛，只有在这个时候，二者之间才是相得益彰、相映生辉的，不存在遮蔽。

同样，沐浴在这个崭新时代的阳光下，我们感觉到遮蔽正越来越淡化。

诗歌发展进入二十一世纪后，最大的收获应该来自很多过去没有本民族书写者的民族。这些民族随着改革开放的深入，随着新时代的到来，涌现出许多本民族的诗人，他们唱出了自己的心声。五十六个民族的诗人像石榴籽一样紧紧拥抱在一起，共同构成中华民族当代诗歌的版图。

诗歌发展进入二十一世纪，此时的社会与《诗经》时的相比，自然发生了翻天覆地的变化。全球化、信息化、科技的飞速发展都影响着人们的思维、生活和语境。饥饿、战争、垄断、自然灾害等，至今在这个世界仍不可避免地存在着。

诗人如何面对和表达?

这时候，我们应该回望源头，向尹吉甫致敬，向《诗经》学习!

（原载于 2023 年 3 月 27 日《丽江日报》）

合山的石头

这是我第四次去广西。

其实每次去广西时，去不了太多的地方。第一次去的时候，游漓江，看九马画山。同游者说看出九马能当总理，看出七马能当副总理。我天生愚钝，无论如何发挥想象也没看出一匹完整的马来，自那以后甘愿做个凡夫俗子。也就在那次，在游船上碰到一些上海游客，问我云南是不是有“瘴气”，让我哭笑不得，感到很诧异。第二次的时候，游北海，记得沙滩很美，不远处有很多烂尾楼。第三次，去的是贺州，在天然氧吧里吸了不少氧，觉得此生寿限说不定会虚延几年。第四次是受邀参加《民族文学》在合山举行的笔会，电话里，我还把“合山”听成了“河山”。孤陋寡闻的我，之前没有听说过合山，不知道李宗仁曾在那里投资办煤矿，也不知道广西最早的铁路诞生在那里。对我而言，它是个完全陌生的地方，这样的地方，自然充满神奇的魅力。

我有个好习惯：去陌生的地方，从来不在去之前上“百度”，预先了解当地的自然地理、历史文化，我只会在脑海里“过一下”那里有没有相识的朋友。这种“朋友”有古代的，也有当下的。这样的“过一下”非常快，也就那么一两秒。这样“盲目”前往的好处在于，一切对我而言都是陌生的。不过这次与以往不同的是，电话行将挂断时，我多嘴问了一下那地方值不值得去，有没有什么看头。回答是肯定的，说那地方不但值得去，而且值得去很多次，还说那里有很多东西是其他地方没有的，会让我脑洞大开。电话那头还特别说到了石头。

石头？会是什么样的石头呢？

在我的印象里，石头无处不在，有人的地方就有石头，没人的地方也有石头。石头似乎主宰着世界。

我对石头的了解和热爱，与生活息息相关。

最初的时候，山里的民居都是用木板盖屋顶。好木板要选择笔直的松木或杉树，将其伐倒，按照一定的尺寸锯断、劈开，不能太薄也不能太厚，长度两米左右，宽度在一尺左右，厚度在两厘米左右。这样的木板盖屋严实不漏雨。为了防止木板被风吹走，人们往往在一排排重叠盖着的木板上，拦腰置一木板，再用一块块石头将其压住。选择石头是有讲究的，圆的石头容易滚落，方的、扁平的、有棱有角的更适用。

一般而言，有重量的石头要压在屋顶的四角，因为四角的风要大些。这样盖的屋子，远远望去，如同一头身上爬满了不明物体的怪兽。于是，山民们就有了关于房子的一个谜语——“老水牛身上长满了疙瘩”。不要以为这样的屋顶就很稳固了，即便木板用石头压住，在阵阵狂风里，石头也会被吹落，木板还会随风飘落到很远的地方，发出噼里啪啦的响声。这是印在我脑海里的最实在最原始的石头的用法。

然而，石头另外的妙用，一般人想都想不到。

上小学时，我们兜里都会装一把石子，别人以为是玩弹弓用的石子，只有我们知道另有他用。那时候，我们半句汉语也不会，老师则不懂半句普米语，学习汉语异常艰难。上课时，当老师念“1”的时候，我们不知道是什么意思；说“1加3”的时候，我们也不知道在讲什么。有一天，老师灵机一动，拿来一把石子，在我们课桌上摆开。在他说“1”的时候，他就放上一颗石子，说“3”的时候摆上3颗石子，说“1加3”的时候，把两边的石子合在一起，再让我们数，说这是“4”。我们就这样学算术。搞笑的是，这样教学，让我们在好长一段时间里，都以为“1”是“1个石子”的意思，“3”是“3个石子”的意思，而不是单纯的数字。

让我惊奇的，还在于石头能生火。去放牧的时候，大人们把火绒草晒干去皮，弄成棉絮状，附在一小块石片上，用火镰不停敲击。只见火星闪了几下，火绒草就被点着了，放进干草堆里吹，慢慢地，熊熊的大火就燃烧起来了。人们开始在火堆里烧猪膘肉，烤荞饼，煮茶……

这有点让人感到不可思议！祖先怎么会将这些简单的东

西巧妙地组合在一起，生出火来？细细玩味，有时真的让我们目瞪口呆。

所以当听说合山有石头可看的时候，我的心就悬了起来。我感觉像有个钩子，挂着一块石头，在高处摇晃着。我看不清那是怎样的一块石头，只知道那是一块来自合山的，充满神奇魅力的石头。

除了记忆里与生活息息相关的石头之外，我也曾看过一些似乎比普通石头更有观赏性的石头。这些石头有来自“长江第一湾”的丽江石；有仿佛来自天外的、金光闪闪的东川铁胆石；我的一位同胞收藏的十二生肖怒江奇石，则让我明白了自然的一支妙笔，可以让石头变得比金子还贵重……这些不同地方的石头，由于不同的地质构造，通过一条条不同的河流，在时间神奇的魔力作用下，最终以不同的状态展示在世人面前，让人叹为观止。本来没有生命可言的石头，由于造物主的造化以及众多观赏者的介入，被赋予了更多的寓意，不再是一般的石头，也让人们对其有了不同的解读。

终于，我在下榻的红河酒店对面的合山奇石馆里，与合山的石头如约见面。

合山奇石的精品荟萃于合山奇石馆，里面有被誉为“彩陶王冠”的绿玉石，形似葫芦瓜的葫芦石，不同颜色合为一体的鸳鸯石，庄重典雅的黄釉石；有神似英国著名雕塑家摩尔作品的“摩尔石”；还有以纹路变幻莫测著称的卷纹石……这些奇石由于形奇、质优、色艳、纹美、韵雅而颠覆了过去人们赏石时追求的“皱、瘦、漏、透”的传统审美。

说到合山的奇石，从被发现时的 1992 年到现在，也就

20多年时间。据说当初是工作队在下乡时无意中发现的。那年冬季，那些精美的石头正被老百姓从河床上打捞上来，用来砌围墙，甚至围猪圈用。工作队旋即与一些行家取得联系，把那些石头从墙根里刨出来，从猪圈里挖出来，最终摆放在一双双挑剔的眼睛面前，让那些眼睛闪出奇异的光来！后来，有台湾同胞以重金收购合山奇石，因此当地政府又将其培育成了产业。这样，合山奇石终于在石界有了自己独特的地位，它们用奇异的形体写就了自然的天工、无言的大美。

饭后散步，只见驻地公路两旁全是卖石头的商铺，有的大石头就放在公路边，成为风景。我们去参观的煤矿工人旧居，人虽然搬走了，但有的房门前也堆着一小堆石头。那些石头不是很大，有的还很有造型。由此不难发现，石头已融入合山普通人的生活，并非一些人的高雅“专利”。

看着奇石馆里一件件精美的奇石作品，我仿佛看到发源于云南曲靖马雄山的南盘江，逶迤南流，至开远转而向东，再与从北面来的北盘江汇合成红水河，在合山这块土地上尽情奔流，不舍昼夜。河水虽然流走了，一如时光一去不复返，但它留下了石头，留下了历史，留下了文化。

我想，我与那块石头的遇见，是前生约定了的。在这个奇石馆里，当我看见那块石头的时候，我就僵立在那里，动弹不得，仿佛着了魔。

那是一块墨绿色的石头，它仿佛来自远古，形如一只不停鸣叫的青蛙，它的腹部呈淡黄色，大嘴巴上唇较短，下唇薄而微微翘起，腿部绿色的皮肤下，可以感觉得到肌肉的力量，仿佛一跃就可以蹦出好远。这块石头是合山奇石馆的镇馆之宝，取名“蛙唱丰年”。

我之所以对这块石头情有独钟，并非因为它是“镇馆之宝”，而是因为它所带给我的，源自“蛙”的生命觉醒。

在普米族人的精神世界里，蛙是至高无上的，被我们亲切地称为“青蛙舅舅”。

在普米族创世神话《洪水滔天》里，是小青蛙告诉了开荒的普米三兄弟洪水要来了，而且送给善良的老三一只公鸡、一只猫、一只狗、一块石头，告诉他如何用这些东西使洪水退却。最终在小青蛙的帮助下，老三得以存活，娶了仙女为妻，繁衍了普米族人。而在《帕米查哩》这个讲述普米族缘起的故事中，有个《青蛙舅舅》的章节，专门讲述了在妖怪家里做磨工的青蛙，与妖怪斗智斗勇，最终救下被妖怪吞进肚子里的普米先人的感人壮举。另一则故事《智慧水》里说，人最初的时候是很笨的，不用说思考，连话也不会说，是青蛙让普米族人喝到了清亮的智慧之水，学会了思考，学会了说话。关于青蛙的故事还有《蛙鹿赛跑》《乌鸦唤青蛙》等。由此就不难理解普米族人为什么在生活中那么敬重蛙了！

所以，当我看见那只神奇的石蛙时，我隐隐觉得它就是传说中的那只“青蛙舅舅”！我甚至觉得，只要我喊一声“青蛙舅舅”，它也会答应我一声。

看见那只蛙，我还想起毛泽东的《七绝・咏蛙》：

独坐池塘如虎踞，绿荫树下养精神。
春来我不先开口，哪个虫儿敢作声？

这只蛙的形态，用“虎踞”来描述是多么贴切！你看它的蹲姿，那么稳健，那么气度不凡！在这个多雨的季节，只要这只“青蛙舅舅”一开口，仿佛就能吸干肆意泛滥的洪水，让人间变得祥和安宁。在这样的冥想中，我看见那只神奇的石蛙慢慢张开口——那些排泄的洪水，随着它腹部的鼓动，在冲向房屋和田地的瞬间，急速地回流进它的肚里……

（原载于2020年7月25日《云南日报》）

一个人的文联

——胡延平小记

每次看到独脚舞者，我莫名地会想起胡延平。几年前，在参加东川举办的第十五届国际诗歌节采风的途中，看到红土地上兀立着的一棵巨树时，我也莫名地想起胡延平来。我禁不住向苍茫的远山瞭望，仿佛看到一个雕塑一样的男人，眼睛直视前方，内心燃烧着执着的信念，眉宇间流露着果敢和坚毅，仿佛没有什么力量能阻挡他向前的步伐。他的侧影，在猎猎的风中隐隐现出一种孤独和卓绝，让人感到一种悲壮。那一刻，不知为什么，我有些感动，眼里有些酸涩。

我想，之所以有那样的感觉，并非因为他的婚姻和家庭——毋庸置疑，他有美满的婚姻和幸福的家庭。我的那种感觉，可能来自他的单位和工作。胡延平在丽江市永胜县文联工作，是永胜县文联主席。这个单位就他一个人，他一个人就是一个单位。

文联是什么单位？除了圈内人，很多人不知道文联、作协这样的机构。在计划经济时代，人们只知道吃粮找粮食局，吃肉要找供销社。改革开放后，物质上的匮乏有了极大改善，人们的愿望又有了变化，于是知道了修路要找交通局，住房要找住建局，吃水要找水务局……但是，人们依然不知道文联是什么单位。

其实，稍懂中国革命历史的人都知道，毛泽东主席曾说过："笔杆子，枪杆子，干革命就靠这两杆子。"文联这样的机构，在新中国成立前就存在并发挥着独特的作用，现在对文艺家而言，依然发挥着"团结引导、联络协调、服务管理、自律维权"这样的职能。所以，尽管机构改革在不断进行，但是每次改革，这样的机构都保留了下来。

然而，由于人们的认识不同，到了地方，这样的机构就有了不同的境遇。有的县份，机构独立、经费独立，人员编制就有好几个；有的县就只有那么一两个人，还经常被派去做其他工作。胡延平所在的县显然属于后者。

我最初是在《玉龙山》文学杂志上知道胡延平的。作为初学者，当年能在《玉龙山》发表作品也会让自己高兴几天。拿到刊物，首先在目录里找自己的名字，再翻到刊有自己作品的页码，看看有无改动，最后再完整地看上一遍。接下来的时间里，我会把同期刊物上其他作者的作品陆续看完。在这样一个过程中，我在《玉龙山》上看到了胡延平的小说《太阳》，选自《东风》的散文诗《盗火者之歌》，散文《怀念好胃口》《同窗异路》《空山秋雨》等。从那些真诚的文字里，我记住了他的名字。

虽说记住了名字，但我一直没有机会认识他，只知道我的临县有这么一个同我一样在文学道路上摸索的人。我曾读着他的作品，想象他的模样。后来在一次笔会上，当朋友把他介绍给我时，我发现他的模样似乎和我想象的差不多，出乎我意料的是，他比我想象的高得多。这个有着一头乌黑头发，说话不紧不慢，还有点腼腆的高个子男子，让我一见如故。

我到丽江文联工作后，因工作关系，同胡延平联系多了起来。得知单位里就他一人时，我给他开玩笑说："你这样的单位，步调一致，有令必行，有禁必止，真正能做到高度统一——你是自己的领导，也是自己的工作人员，你指挥你自己。"他无可奈何地笑笑说，虽然只有一个人，但做的事情一样也没有少。他说的没错，对此，我是非常清楚的。他编刊物、办培训、搞活动，工作一样没有少干，而且干得非常出色。

对编刊物，胡延平情有独钟。他还在乡下当老师时，就是当时油印刊物《东风》的编辑。让他引以为傲的是，那时永胜很有影响的文学社团如星巷等，他们办的刊物没有能坚持下来，只有东风文学社的《东风》延续到现在，已成为永胜文艺界的一个传奇。

永胜文联有本刊物叫《永胜文艺》，一度因永胜县文联原副主席，著名作家陈洪金调赴丽江工作而停办。胡延平在那个特殊时期挺身而出，找有关领导反映情况，积极争取经费，终于让停刊一年多的《永胜文艺》顺利复刊。要知道，那时候他还没有到文联工作。几年后，他就任文联主席，编刊物自然成了他乐此不疲的事。每每发现一个年轻作者，他更是高兴异常，好像寻宝人找到了珠宝。

为了培养文学新人，他办文学培训班，请来名家授课，不断提高年轻作者的文学素养。在他的精心安排下，云南省作协、《边疆文学》编辑部还在永胜举办了文学创作实践活动，邀请了潘灵、宋家宏、朱曦等名家授课，得到了广泛的好评。

他不遗余力地组织文学活动。他举办“全国著名作家永胜行”采风活动，邀请了雷平阳、胡性能、王祥夫、李元胜、张执浩等十多位著名作家到永胜采风，游程海，逛清水古镇，进永胜瓷厂，上他留山，瞻仰毛氏宗祠，让他们用优美的文笔抒写永胜。那次活动还邀请了著名作家阿来和次仁罗布，因他们临时有事，没能成行。那次活动的优秀作品，最后以专刊形式在《永胜文艺》上推出，让《永胜文艺》又火了一把。

此外，胡延平还要做扶贫工作。有一次，省里通知选一名基层文联干部去浙江学习，我想让他去学习的同时放松一下，就打电话给他，没有想到他正在扶贫点工作，脱不开身。他说他很想去，但实在走不了。通话时，我能感到他的疲惫。挂断电话，我沉默了好一会儿，才平复自己复杂的心情。

胡延平组织的几次活动，我都尽量去给他鼓劲助阵。接到胡延平的电话邀请时，我开玩笑说：“那么多作家来丽江，我作为丽江文联的一员，你不邀请我，我也应该来啊！你邀请了我，那我更要来！”

作为市级文联，我们人员编制等待遇条件比县级的好些，但也面临经费短缺等很多的困难和问题。有时候在工作上遇到困难和问题时，我都会想起胡延平。想想他，一个人把工作做得那么出色，我们就没有理由和借口不把工作做好了。

一个人的文联，真的很不容易！

一个人的文联，如同荒原上一棵枝繁叶茂的树，也可以成为文坛上一道别致的风景！

（原载于2019年第9期《民族文学》，入选人民文学出版社出版的《21世纪年度散文选·2019散文》）

遥远的东波甸

外婆家在离泸沽湖不远的木枝，在普米语里，“木枝”是“族人分迁”的意思。当年族人们迁徙到这里，一部分人去了永宁，一部分人去了红桥，一部分人去了翠玉，还有一小部分人则由此去了东波甸。“东波甸”在普米语里指的是“物产丰富的地方”。小时候去外婆家，偶尔会遇到东波甸来的人，问起东波甸有多远时，他们会指着遥远的群山说很远，还在那些山的背后。为了表明它是多么的远，他们还说了句民谣：“父亲的儿子我什么地方都去过，就是没有去过东波甸。”

上中学那阵子，我们班有几个来自东波甸的同学，放假回去的时候，他们腰上都会挎一把砍刀。砍刀装在木制的壳里，外壳用兽皮包裹着，走动时会发出沉闷的怪响。一旦听到这种怪响，我们就知道东波甸的同学要回家了。问他们为何带刀出行，他们回答说，回家没有好走的路，经过的地方都是荆棘丛生，有时还会碰到熊、豹等猛兽，拿刀是为了开路，也是为了防身。

我没有想过此生能到东波甸，它是那么远，远在天边，远得只在古谣里飘摇。然而在2015年，因参与脱贫攻坚工作，我终于走进了这个神秘的地方。

从丽江到东波甸，过去只能先到宁蒗县城，再绕道前往。阿海水电站修建好后，从玉龙雪山绕山而下，过金沙江上的阿海大桥去东波甸，就省了很长的路。去之前，我给东波甸的老同学熊志红打了个电话，一路上他的电话不停地追逐着我的行程。有些地方我知道名字，有些地方我就只能跟他形容：旁边有棵怎样的树或怎样的一块石头……开始时路面是柏油路，车速较快，到后来随着路面的变化，车速越来越慢，有些地方被泥石流破坏后，甚至没有了路，我们不得不下车检查，想办法找些石块、木头之类的垫在车轮下，再慢慢前行。老同学在电话里说，过了河就快到村子了。当时天已经很黑了，我摇下车窗，冷风飕飕，四周的群山更增添了夜的黢黑，似乎一只看不见的手，在不停地向四周抛洒黑色汁液。狗的吠叫声，木屋里漏出的光，都让疲惫不堪的我们仿佛来到了一个神秘的世界。稍有不同的是，对我来说，仿佛又回到了童年的家园。

循着老同学的电话导引，我们来到了他家。这是典型的普米人家，火塘上有铁三角，也叫锅庄，锅庄上方是名叫“宗巴拉”的祭祖敬神的神龛。屋子正中是一根中柱，中柱右边是高出地板一米左右，用木板搭建起来的“丹”，方言又叫“上火铺”，铺上了栽绒，是宾客的座位。我们一行人被请到上火铺，享受着属于宾客的热情礼遇。

看到羊肉在锅里不断翻滚，我知道老同学杀了羊。随行的人面面相觑，不停地看我。我知道他们的顾虑，就给他们说，他是我老同学，不是建档立卡户，大家可以随意一点。我将自己带的礼物拿给老同学，叫他敬一下锅庄。看他履行完仪式，我说：“你没有听到我们肚子在叫吗？”他大笑起来，连说赶紧开饭。只见几个年轻人各司其职，倒酒的倒酒，上菜的上菜，有的还不忘将松明火把添上几根……

第二天，一行人在鸟鸣声里醒来。吃过早餐后，让老同学引路，我们开始了在东波甸脱贫攻坚的精准识别工作。

应该说，到这时我才真切地看清了东波甸。它是个依山的美丽村庄，东面南面都是山，森林茂密，西面与丽江隔金沙江相望，北面也是一座大山，悬崖峭壁，植被比较稀疏。人们在上面穿凿出一条沟渠，通向另一个地方，拉伯。这条渠被誉为小凉山的“红旗渠”。

然而，就是这么一个美丽的地方，随着入户调查的深入，我的心不住地发凉。

入户第一家是纳九此里家，这一家三口人，儿子在昆明打工，因为一场意外事故背上了十多万的贷款。开始时，他有点不好意思，只是说出了点事，并不说是什么事。我们慢慢解开他的心结后，才得知他儿子与人打架，把人打伤住院，赔了不少钱。

入户第二家是熊建军家，只见院坝杂草丛生，正房大门紧锁，屋顶盖的黄木板有的已掉落在地，压在黄木板上面的石头摇摇欲坠。院坝坎上面有个两层木屋，被火烧过，黑乎乎的。我心想：这家人去哪里了？等了好一会儿，只见一个穿着牛仔裤、灰T恤，趿着拖鞋的小伙，从另外一户人家拿了几个塑料凳子过来。他把塑料凳子放在杂草丛中，请我们入座。我问他这家人去哪儿了，他说他就是。我问他多大了，他只说自己是属什么的——我知道他30岁了。他看向我的眼神也是无精打采的，我从他的眼里看到的只有迷茫，甚至觉得他的眼睛只是一种摆设。我倒吸了一口凉气，怎么会这样？老同学告诉我，小伙有个兄弟，不知何故把院坝坎上的屋子烧了，自己在锁着的木屋里自杀了。虽然火被扑灭了，但人没有救活，之后他母亲就被出嫁的姐姐接走了，只留下了他一个……

入户第三家是熊学文家。他的母亲87岁了，双目失明，而他为了照顾母亲无法外出……

通过几天的走访，我们发现在东波甸村39户人家中，有18户存在着这样或那样的困难和问题。我没有想到，在这个村庄美丽的外表下，隐藏着这样的贫困。贫困户背后的故事千差万别，各有各的不幸。

接下来，我们根据国家政策和每家每户的不同情况，从产业帮扶、就业扶贫、住房安全、基本医疗保障、人居环境提升、金融扶持、兜底保障、义务教育保障等方面入手，制定了“一户一策”的帮扶措施并将其付诸实施。

冬去春来，往后几年的时间里，我同单位派驻的驻村工作队队员吉克木呷、夏云发和结对帮扶的同事们，不知多少次走进东波甸。让我们欣慰的是，到了2020年，4米宽的硬化公路通了，电灯代替了松明火把，在那些核桃树、梨子树、苹果树、花椒树中间，一家家砖混结构的安居房建起来了。村民们还时不时聊起电视里的国际话题，就像聊隔壁家的事。稳定增长的收入，让很多人家圆了汽车梦。村子与相邻的光明村共建了幼儿园，还有了两个老师。熊建军、纳九此里都被聘为生态护林员。熊建军杂草丛生的院坝已打上了水泥地皮，木屋都拆掉了，他在安居房里不时掏出手机打给山上放牧的人，告诫他们不要抽烟。从声音听得出来，他对生活充满了激情和希望。有一次纳九此里对我说，如果不是儿子打了人，他就不会赔钱，不会贷款，也就不会贫困，也就不会成为建档立卡户。因为贫困，自己享受了国家的扶持政策，日子是好过了，但想到这一切都是儿子那一拳头换来的，心里不是滋味。我说："这就对了，说明你是有自尊的人，也是有思想的人，更要珍惜现在的一切，更要懂得感恩。"他不住地点头。熊学文的母亲已申领到了低保，每次我去看望她老人家时，她都会用手摸摸我的脸，说些祝福的话……

我曾用一组小叙事诗，真实记录东波甸的变迁，其中一首《真正的菩萨》是这样写的：

甲初尔千的儿子
昏迷多日
转院去省城治疗
花了十多万元医疗费

让他感慨的是
孩子治愈出院时
作为建档立卡户
自己没有出什么钱
回到村里
他逢人便说
我们天天烧香拜佛
也过不上好日子
现在，共产党
让我们吃饱穿暖
有病了还给我们治
这不是菩萨是什么？

东波甸只是遥远天边的一个村庄，只是小凉山千万个村庄的一个缩影。然而透过这个村庄的变化，我真切地感受到了普米族整族脱贫的伟大历程。脱贫路上，一个民族也不掉队，是一个大国执政党对世界的庄严承诺。为了普米族整族脱贫，三峡集团还承担了结对帮扶的任务。作为普米族诗人，能见证并参与这段辉煌的历史，我无疑是幸运的。

遥远的东波甸其实并不遥远，它就在祖国温暖的怀抱里。

（原载于2022年10月14日《文艺报》，入选《2023年南方散文选》）

后　记

我在创作诗歌的同时，也陆续写了些散文，三十多年下来，积累了一些作品。比起高产的作家来，这个量羞于一提，但聊以自慰的是，这些作品都属有感而发之作。如果说在业余创作中，诗歌是我的“主业”的话，散文则成了“副业”，好在二者在我心里没有什么主次之别。我用心对待诗歌，也用心对待散文。不同的是，在诗歌方面，已出版了几部诗集，而散文至今未能结集成册。这次结集所写的散文，有的不甚满意，就没有收录进来；有的虽然稚嫩，但是为了能让读者看到自己一路走来的心迹，就收录了进来；有的素材很好，因时间等原因，还没有动手写，也就无从谈“收录”的问题了。

当年我还在泸沽湖畔的小县城工作时，有一天在街上突然被人拦住，那人滔滔不绝地跟我谈论了半天我写的散文。我吃惊之余，非常感慨。在某个会议之前，县里的领导还专门给我聊了我写的某篇散文，说写得很好。我惊讶地发现，有的人喜欢我的散文，甚至超过了我的诗歌。

早就有出本散文集的愿望，但一直未能如愿。这次，中国作家协会全委委员、中国少数民族作家学会副会长、《民族文学》主编石一宁先生主编的“中国多民族作家作品系列”丛书纳入了我的第一部散文集，了却了我的一个心愿。在此，谢谢石一宁先生的同时，也谢谢广西民族出版社在铸牢中华民族共同体意识、构筑中华民族共有精神家园的进程中，为中华文学的繁荣发展做出的贡献！

2023 年 6 月 26 日　丽江

图书在版编目（CIP）数据

永远的雪 / 鲁若迪基著. -- 南宁 ：广西民族出版社，2025. 3. --（中国多民族作家作品系列）. -- ISBN 978-7-5363-7856-8

Ⅰ. I267

中国国家版本馆CIP数据核字第20249CP038号

中国多民族作家作品系列

永远的雪

YONGYUAN DE XUE

鲁若迪基　著

出 版 人：石朝雄
责任编辑：卢芳芳　梁文珊
装帧设计：张文昕
责任校对：吴　艳
责任印制：梁海彪　张东杰
出版发行：广西民族出版社
地址：广西南宁市青秀区桂春路3号　邮编：530028
电话：0771-5523216　传真：0771-5523225
电子邮箱：bws@gxmzbook.com
印　　刷：广西民族印刷包装集团有限公司
规　　格：787毫米×1092毫米　1/32
印　　张：9.125
字　　数：200千字
版　　次：2025年3月第1版
印　　次：2025年3月第1次印刷
书　　号：ISBN 978-7-5363-7856-8
定　　价：56.00元